弱法師

中山可穂

河出書房新社

目次

弱法師(よろぼし)

1

きみは雪を見たことがないと言ったね。ぼくは海を見たことがないんだ。だからきみとぼくが死ぬときは、きっと海と雪とを一緒に見よう。海に降る雪を見ながら、この世界におさらばしよう。

朔也↓未央

「ねえ、どちらかしか選べないとしたら、目が見えなくなるのと、耳が聞こえなくなるのと、どっちがいい？」

いつだったか鷹之（たかゆき）は、朔也（さくや）にこう訊かれたことがある。

「何だい、また究極の選択？　さくちゃんも好きだね」

鷹之は読んでいた雑誌から目を上げずにさりげなく言ったが、実のところ朔也の勘の鋭さはおそろしいほどだと内心ではひやりとしたのを覚えている。最新のデータを分析すると、鷹之が予測していた時期よりも早く彼の視力が失われる見込みであるとわかったばかりだったからだ。いずれそのことは朔也に告げなくてはならなかったが、しかるべき時期が来るまではまだ黙っているつもりだった。

「ねえ、どっち?」

こちらの動揺を見抜いているのかいないのか、朔也はあどけない微笑を口元に浮かべて、ことさらに澄んだ目で、鷹之を見上げている。この子にこんな表情をされるとたいていの大の男でも少し呼吸が苦しくなるはずだと思いながら、鷹之はわざとそっけない声を出していた。

「俺は耳が聞こえるほうがまだいいね。だって美しい音楽を聴けなくなったら耐えられないだろう?」

「美しいものが見えなくなるよりも?」

「視覚よりも聴覚のほうがイメージをふくらませやすいんだ。目が見えなくなっても音楽が聞こえれば、闇の中で美しいものを再現することができるだろう?　その逆のほうがきっとはるかにつらいんじゃないかな」

「やっぱりね。思ったとおりだ。ぼくも断然そっちのほうがいいって思ってたんだ」

そんな会話をしたころにはまだ朔也の目に自覚症状は出ていないはずだった。しかしこのところ朔也はひんぱんに強い頭痛を訴えるようになり、はっきりと視力の衰えを口にするようになった。ものがかすんでよく見えないんだ、パソコンのやりすぎかな、新しい眼鏡を買わなくちゃ、と。

　朔也ほど冷静で頭のいい子なら、ネットで自分の病気について調べることくらいはお手のものだろう。この子にはすべてわかっていて、ありのまま引き受ける覚悟ができているのではないかと鷹之は思うときがある。どのようにしても彼の脳髄に棲みついた腫瘍の成長を防ぎ止めるすべはなく、それは日一日と膨らんで、やがては視神経のみならずあらゆる器官の神経を破壊的に冒してしまうのだということも、すさまじい痛みとともに全身が痙攣して文字通りのたうちまわりながら死に至るのだということも、そして鷹之が死にもの狂いで世界じゅうの医療関連サイトから朔也の病気に関する最新情報を集めているということも。それが主治医としてなのか、義父としてなのか、あるいはもっと深く狂おしい感情に突き動かされてのことなのか、鷹之自身にもわからないほどのめり込んでいることも、敏感な朔也ならとうに知っているかもしれない。

　初めて会ったときから、朔也は繊細すぎるほど繊細で、聡明すぎるほど聡明な子供だった。あの日、映子に手をひかれて初めて大学病院の診察室にあらわれた朔也の姿を、鷹之はまだくっきりと覚えている。最初に見とれたのが患者である朔也だったのか、その母親である映子だったのかは定かではない。それくらいその親子は水際立って美しかった。

「先生にはぼくの病気なおせる？」

ひとかけらの期待も込めない言い方で、少年はいきなり言った。いろいろな病院をたらいまわしにされてきた患者特有の、懐疑的な表情がしっかりと幼い顔のなかに刻み込まれていた。

「もちろん、治すように全力を尽くすのが先生の仕事だからね」

看護師も励ますように続けた。

「大丈夫ですよ。星野先生はこの分野では、日本でも五本の指に入るスペシャリストですからね。安心して先生にお任せしましょうね」

そのとき朔也ははっとするほど大人びた微笑を見せた。子供があんな微笑を浮かべるのを、鷹之はあとにも先にも一度として見たことがない。あの微笑ひとつで、朔也は鷹之の心を摑んでしまったのかもしれない。

しかし、朔也の腫瘍はきわめて悪性度の高い特殊なもので、摘出手術は不可能に近く、現在の医療では五年生存率一〇パーセントの難病だということがわかった。放射線療法と化学療法をおこないながら決定的な治療法か新薬の開発を待つしか手がないのだった。

映子に夫がいないことは、朔也の検査結果を告げるときに知った。朔也くんの病気は

重大なものなので、できればご両親揃ってお越し願いたい、と言うと、

「あの子に父親はいないんです」

という答えが返ってきた。

「離婚なさったんですか？」

「いいえ」

「じゃ、死別ですか？」

「いいえ。最初からいなかったんです」

映子は自分が未婚の母であることを明かし、あの子の将来に責任があるのはこの世で自分ひとりだけなのだと言った。今まさに我が子の命について宣告を下そうとしている医師を茶色の瞳で食い入るように見つめて、なかばあきらめ、ゆっくりと絶望の淵に手をかけて。まるで彼女のまわりだけ、かぼそい雨が蕭々と降っているかのようだった。

朔也八歳、映子三十五歳、鷹之三十八歳の夏の日のことである。

鷹之が立場を超えて映子に惹かれていったのは、もちろん映子の美しさのせいもあるが、その雨の気配にうたれたからだった。彼女のまわりに降る雨の飛沫を浴びてしまった男なら誰でもその虜にならずにはいられないような魅力を、映子という女は持っていた。自分がついていなければこの女は駄目になってしまうに違いないと思わせるようなな危うさがあるのだ。媚びや計算から生まれてくるのではない、生まれながらに持ってい

る動物的なフェロモンで映子は無意識に男を吸い寄せ、そして全身で男に甘えかかった。

いつでも濡れた目をして、体じゅうの細胞から蜜を滴らせているような美女と毎週顔をあわせていればそれだけで男は落ち着かないものだが、さらに二人には分かち合うべき試練が与えられたのである。もしこの親子に守ってくれる男がいたら、鷹之もここまで親身にならなかったことだろう。だが映子はまったくの手放しで鷹之の助けを求めていた。映子が鷹之を見つめる視線には、手負いのけものが傷口を剝き出しにして横たわり、相手に命を預けるような趣きがあった。

鷹之はもちろん、医師としてできることは何でもやった。

「朔也くんのことになると星野先生は目の色が変わる」

「朔也くんのお母さん、きれいですもんね」

と同僚の医師や看護師たちに揶揄（やゆ）されながらも、不可能を可能にするために、精力的に学会を駆けずりまわり、治療への道を模索し続けた。

ときには医師としての範疇（はんちゅう）を超えて、二人に手を差し伸べた。病院からの帰り道を車で送っていったり、映子が働くスナックへ客として顔を出したりするようになった。映子に会いたいからだけではなく、朔也のことがいつもいつも気がかりだった。年齢が年齢なだけに、ちょっとしたことで状態が急変するおそれがあり、鷹之はこわれものを扱うように気を遣って朔也を大切に大切に扱った。

はじめのうち映子は、鷹之のそんな態度を自分への愛情の裏返しなのだと思っていた。自分を愛するあまり、子供のことも大切にしてくれるのだと。鷹之は映子を愛しはじめていたが、それとは別個の愛情を朔也に注いだ。もはやとっくに職務を超えた、完全に個人的な愛情だった。朔也はそのことを敏感に感じ取っていた。

「先生はママのこと好き?」

「うん、好きだよ」

「ぼくのことも好き?」

「ああ、好きだよ」

「ママとぼくと、どっちが好き?」

映子のいないときに、朔也はそんなことを訊いた。

「ふたりとも同じくらい大好きさ」

「じゃあ、ママと結婚してぼくのパパになってよ」

鷹之は言葉に詰まった。そのとき彼には妻がいて、家庭は何の問題もなく円満に営まれていたからだ。

「ごめんよ。先生はもう結婚してるんだ」

「子供いるの?」

「子供はいない」

「じゃあ、奥さんと別れて、ママと結婚すればいい。ぼくが先生の子供になってあげる」

　鷹之は思わず朔也の手を握りしめていた。

「さくちゃんは、パパがほしいのかい？」

「ううん、そうじゃないの」

　朔也はちょっと考えてから、女の子のようにもじもじしてみせた。

「パパがほしいんじゃなくて、先生がほしいの。ねえ先生、ぼくのパパになってよ。奥さんと別れて、ママと結婚してよ。ぼくが死んだら、きっとママは生きていけないよ」

「きみが死んだりするもんか。先生が死なせない。絶対に治してやる。先生はほんとはね、日本で三本の指に入るスペシャリストなんだよ。アメリカの先生と共同で秘密の研究もしてるし、スイスにいる世界的な権威の先生とも友達なんだ。きみの頭を手術できるのは世界中でたぶんその先生だけで、手術のアシストができるのは俺とアメリカの先生だけだ。だから、何年かかっても俺はきみをきっとスイスに連れて行く。その準備のために今できることは全部やってる。いいかい、きみをその大手術に耐えられる状態にするのにだって、とっても時間がかかるんだ。きみはまだ小さすぎるし、その手術は危険すぎる。でも俺はあきらめないよ。きみも、ママも、あきらめちゃいけないんだ」

　鷹之はこみあげてくる感情を抑えながら、朔也の目を見据えて、かみしめるように言った。だが朔也はその言葉を聞いているのかいないのか、涙ぐんで鷹之の肩に顔を埋め、さっきと同じことを繰り返した。

「先生は、ママと結婚したくないの？」

「できることなら、俺だってさくちゃんのパパになりたいと思うよ」

「でも、奥さんと別れられないの？」

映子本人に結婚を迫られているよりもこれは効果的なやり方だと、鷹之はあとになってから気づくことになる。それからほどなくして、鷹之は映子と体の関係ができた。まるで朔也の言葉にほだされて、導かれたようなタイミングでことを起こした自分に、鷹之は滑稽なものを感じながらも奇妙な心地よさを覚えていた。

鷹之はこれまで、ただの一度も衝動に流されて行動したことがなかった。身を焦がすような恋愛をしたこともない。結婚相手は勧められるままに教授の娘を選び、それは野心家の彼にとっては堅実なやり方だった。妻との性生活にはとくにこれといって不満もなかったので、浮気をしたこともない。唯一の趣味はクラシック音楽を聴くことで、ゴルフもやらなければ大酒を飲むわけでもない。もともと鷹之は孤独癖のある仕事の虫であり、女と遊ぶ暇があったらひとりでバッハやシューベルトのＣＤを聴くか、ひとつでも多くの論文を書いていたいと思うような男だった。

そんな自分が、患者の家族と、しかも水商売をしている女と関係をもってしまった。

それは鷹之にとって新鮮な驚きだった。車を買うにも家を買うにも若いうちから計画的にローンを組み、無理と無駄を極端に嫌う男だったのに、言い寄ってくる看護師は慎重に避けて決して隙を見せない男だと自負していたのに、着実に小石を積み上げて揺るぎのない城を地道に築き上げてきたはずだったのに、一体これはどうしたことだ。まるで月明かりの夜道の真ん中に、パンツ一枚で立っているような気がする。ばかばかしくて、たよりなくて、痛快な感じもして、笑ってしまう。

だが鷹之が自分をおもしろがっている余裕のあるのは最初のうちだけだった。彼はずぶずぶと沼に沈み込むように映子の体に溺れていった。映子の首筋からも、乳房からも、太腿からも、そしてもっと深い奥からも、甘い蜜が沁みだしているのだ。一度でも映子とセックスをすれば、二度しないではいられず、三度めはもっと切実で、あとは死ぬまで離れられなくなる。鷹之はこれまで自分がうまいと思って食べてきた食事が、冷え切った味気のないジャンクフードに過ぎなかったことを知った。そして映子と肌を重ねるたびに、女に惚れるとはこういうことか、と痺れるように思い知らされるのだった。

鷹之は映子のために病院の近くにアパートを借りてやり、ほとんどそこに入り浸るようになった。それによって映子の通勤が不便になると、勤めていたスナックを辞めさせて朔也の看護に専念するようにと、毎月決まった金を渡すようになった。この件はすぐに妻とその父である上司に伝わった。

「その情事は高くつくわよ」

離婚を切り出すと、妻はひんやりとした声でそう言った。泣きもせず喚きもせず、ただくちびるの端をわずかに歪めて怒りをあらわしただけだった。感情を爆発させることはまるでエネルギーの無駄遣いだとでも言うように。そういえばこの女はセックスのときも必要最小限の動きしかしなかったな、と鷹之は白々しい思いで長年連れ添った妻を眺めた。映子とはまるで違う。映子はたえず飛んだり跳ねたりなめらかに動きまわって片時もじっとしていない、ベッドのなかでダンスを踊り、交響曲を奏で、ふいに転調し、叫んだり啜り泣いたりアリアを歌ったり、全力で快楽を貪り、そして俺にも与えてくれる。あれこそ女だ。あれこそセックスだ。

「あなたはこれまでのキャリアも、医者としての信用も、すべて失うことになるのよ」

十二年だ、と鷹之は思った。結婚してからそれだけの年月が流れていた。十二年ものあいだ、俺はしけたクラッカーのようなセックスで満足し続けていたんだ。なあおい、十二年だぞ。これまでの俺の人生は一体何だったんだ？

「まさかあなたがホステスなんかに本気になって、エリートコースを踏み外すとは思ってもいなかったわね」

「彼女はもうホステスじゃない。看護の勉強もしてる。ゆくゆくは俺の仕事をサポートしてもらおうと思っている」

「父の影響力を知っているでしょう？　あなたを雇ってくれる大学病院なんてないわよ」

「どっちみち病院は辞めるつもりだった。ひとりの患者に集中するには、大きな組織では無理があるからね。あの子のために完璧な設備を整えた診療所を開くつもりだよ。そうすれば徹底的なケアができるし、奇跡だって起こせるかもしれない」

「あなたってどうかしてる。治る見込みのないたったひとりの患者のためにあなたが財産と人生を棒にふるのは勝手だけれど、あなたの開業資金のためにわたしは慰謝料をビタ一文まけるつもりはありませんからね」

鷹之は小さな声で、わかってるよ、と言った。妻はもう一度、あなたってホントどうかしてる、と言って、席を立った。そのとき妻の肩が小刻みにふるえているのに気がついた。すまない、と鷹之は最後に声をかけたが、もう返事は返ってこなかった。

実際、この離婚は非常に高くつくことになった。松本市内にある家と土地、それに東京の青山にもっているワンルームマンションの名義が妻のものになり、慰謝料を払うために軽井沢の別荘とベンツを売り払わなくてはならなかった。貯金のすべては診療所を開くための資金に消え、最新の設備のいくつかは機器メーカーが格安でリースしてくれることになったが、それでも足りずに実家と親戚と銀行から金を借り、さらにＢＭＷも売り払った。

失ったものは金だけではなかった。鷹之の行為は医師としてのモラルを欠いた不適切なものとして反感を招き、信用と、すぐれた医師仲間の数人をなくした。気でも狂ったのかおまえ、と親友に真顔で言われたし、親や兄弟からも冷たい目で見られ、スピーチを頼まれていた後輩の結婚披露宴の招待状は届かなかった。

今や鷹之は、白昼の大通りに素っ裸で立っているような気分だった。それはいっそすがすがしいほどで、俺はここから生まれ変わってまったく別の人生を生き直すのだ、と青年のように初々しく思った。森の中の小さな診療所が少しずつ完成していくのを眺めながら、鷹之はこれまでに一度も感じたことのない幸福感が全身を締め付けるのを感じていた。

2

朔也→未央

雪がほっぺたに降りかかるかんじは、誰かがぼくのために泣いて流した涙がぽろぽろとこぼれ落ちてくるときみたい。痛くて、あたたかくて、そこだけ透き通っていくような気がする。海ってどんな感じ?

海の水は涙と同じ味がするよ。だから海は涙のたまった悲しみの泉なんだよ。

未央→朔也

鷹之と映子と朔也の三人は、森の中の診療所兼住居で、冬眠中のクマの一家のように身を寄せ合ってひっそりと暮らした。そこは僻地（へきち）と呼んで差し支えない地域にあり、ちょっとした町に出るためのバスが一日二本しかないところだった。大きな市へ行くためにはその町から一日四本しか通っていない列車に乗り、さらにバスを乗り継ぐ必要があった。

「ぼくの具合が悪くなっても、専属のドクターがいつもおうちにいるんだから安心だね」

と朔也は安心しきって言った。

「それに専属の看護師もね」

と映子が言うと、鷹之と朔也は顔を見合わせて笑った。いつまでたっても映子は専門的な医療用語を覚えられず、実用的ではなかったからだ。医療事務の資格を通信教育で取ってみせると向学心に燃えたのもつかの間、勉強をはじめると十分もしないうちに眠くなってしまう。

「きみは本当にお勉強がきらいなんだな」

「お役に立てなくて、ごめんなさいね」

「いいさ。余裕ができたら看護師を雇うから」

「でも受付くらいできるわ」

「ママが受付に座ってると、薬じゃなくてお酒が出てきそうだよ」

「そのとおり。きみは色気がありすぎるんだ。森のクマ公だってたぶらかされる」

「いっそ人間よりも森の動物を相手にしたほうが、このあたりじゃ儲かるんじゃないの」


映子がそんな冗談を言うほど、診療所は暇だった。たまに県外から紹介状を携えて、専門的な治療を要する患者が訪ねてくるくらいだった。開業して一年くらいはしばらくそんな状況が続いたが、まあこんなものだろうと鷹之は考えていた。ほかの患者が来なくても、鷹之には朔也のためにやるべきことがいくらでもあった。朔也には限られた時間しかなかったのだから、このままほかの患者が来ないほうがむしろ有り難いくらいだった。

それでも鷹之の脳神経外科医としての腕の確かさと丁寧な仕事ぶり、大学病院にもひけを取らない設備の充実ぶりは少しずつ口コミでひろがり、臨床試験薬ばかり投与して患者をモルモット扱いする大学病院の治療方針に納得できない患者や、よそで匙を投げられた患者が集まってくるようになった。ホームページをつくってインターネットで宣伝した効果もあり、自然に恵まれたこんな環境でじっくり病気を治したいと、わざわざ東京から入院を希望する患者もたまにいた。おかげで医療事務もこなせるパートの看護師も雇うことができるようになった。

星野クリニックのなかで最も広くて日当たりのいい特別室は朔也の部屋である。鷹之が朔也のために心を砕いて誂(あつら)えた二十畳ばかりの病室には、星が見えるように天窓があり、完璧にコントロールされた空調があり、ドイツ製の電動ベッドがあり、インターネット常時接続のパソコンがあり、すべての衛星放送が見られる大画面の液晶テレビがあり、数百枚のＣＤコレクションとともにステレオセットとＤＶＤプレーヤーがあり、世界文学全集と世界美術全集があり、バリアフリーになったミニ・キッチンとバス・トイレ、その隣に六畳ほどの無菌室がついていた。

すでに学校へかようことが不可能な状態になっていた朔也のために、鷹之は診療時間の合間と夕食後のひとときを、朔也に基本的な学力をつけさせるための勉強を教える時間にあてた。全国で発行されている教科書を取り寄せて比較検討し、自分なりに最適と思われるものを選んで使った。国語、算数、理科、社会、変わったところでは来るべきスイスでの手術の日のために英語とフランス語も教えた。もっとも、フランス語に関しては自分でも一緒に学びながらの授業だったので、呑み込みの早い朔也のほうが先に上達してしまった。朔也は映子と違って勉強が好きだった。

「ぼく、うれしいな。先生が本当にママと結婚してくれて」

「パパって呼んでもいいんだよ。そう呼びたかったんだろう?」

「そんなの急に呼べないや」

「そうか。でもいつか呼んでくれるかい?」

「うーん、考えとく」

いつまでも朔也は鷹之のことをパパと呼ぶことはなかった。これまで通り先生と呼ぶか、映子の言い方を真似てタカさん、と呼んだりした。鷹之はそれが少し不満だった。もとはといえば、朔也がパパになってくれと頼んだから映子と一緒になる気になったのだし、そのために妻と別れたのだ。そうだ、俺はずっときみのパパになりたかったんだ、と鷹之は朔也に言ってやりたかった。

「あんたたち、また一緒にいるのね」

鷹之が朔也の部屋で一緒にパソコンのゲームをしているときなどに、映子は時々やきもちを妬いた。

「ちょっと仲がよすぎるんじゃない? こんないい女をほっといて、いつもふたりでくっついて何かしてる」

「様子を見に来たら、さくちゃんがゲームやってたからさ、つい熱くなっちゃって」

「何よ、さくちゃん、さくちゃんって。タカさんは朔也に甘すぎるわよ」

　こういうとき、朔也は母親の顔色を窺いながらわざと鷹之にまとわりついた。髭に頬をこすりつけたり、背中にもたれかかったりしながら、映子と鷹之の両方の反応を見比べるのだ。鷹之が思わず相好を崩すと、映子はかつてのホステス仲間を見るような目つきでじっとりと息子を見て、本気とも冗談ともつかない口調で、

「ねえあんた、ママの男を取らないでよ」

　と言うのである。思わず赤面するのは鷹之のほうだった。かっと体が熱くなって、鷹之は朔也から離れ、映子を睨みつけた。映子はぞっとするほど色っぽい潤んだ目で鷹之を見つめて、部屋を出ていった。鷹之はどうしてか朔也を見ることができなかった。

「子供に向かってあんな言い方するなんて、どうかしてるぞ」

　鷹之があとで小言を言うと、映子は鷹之の服を脱がせてベッドにひきずりこみ、いつにも増して熱心に女の武器を駆使しながら鷹之を攻めたてるのである。

　鷹之のまわりにいるほかの女、たとえば看護師の森さんや製薬会社の田中さん、患者の奥さんなどにはまったくやきもちを妬かないのに、映子が朔也にだけ嫉妬心を顕わにするのは奇妙なことだと鷹之は思っていた。

「朔也があたしに嫉妬してるのよ。タカさんにはそれがわからないの？」

　セックスのあとで、汗ばむ皮膚の下で、映子は鷹之の性器をやさしく弄びながら、甘ったるく搦みつく声を出してさっきの話を蒸し返した。

「あの子には俺だけがたよりなんだ。それは仕方ないじゃないか」

「ちがうの。あの子は時々、女の目であなたを見るの」

「どういう意味だい？　あの子にとっては一日一日生きていくことが普通の人間の何倍も大変なことなんだ。俺やきみより、あの子はずっと必死に生きてるんだよ。母親のくせに、くだらないことを言ってあの子を侮辱するのはやめてくれ」

　鷹之は映子の手を払いのけ、体を離してベッドから降りた。

「ほら、タカさんは朔也のことになるとすぐ顔色が変わる。あたし、時々ついていけない。ふたりのあいだには入っていけない雰囲気があるんだもの」

「いいかげんにしないか。大体、それって普通は俺のセリフだろう。母と息子のあいだに入っていけない継父のセリフだよ。あの子は俺にママを取られるんじゃないかって怯えてるんだよ。俺にはそれがわかるから、あの子に寂しい思いをさせないように、余計に気を遣ってるんじゃないか」

「じゃあ、あたしに寂しい思いをさせるのは平気なの？」

「ばかばかしい。話にならない」

　映子はもっと俺にかまってほしくて、抱いてほしくて、愛してほしくてたまらないのだ。まったく映子という女は子供と同じだ。いや、朔也よりも子供じみたところがある。なんて愚かな女だろう。なんてかわいい女だろう。

鷹之はそう思うことで、この夫婦喧嘩を忘れることにした。映子は次の朝にはけろりとして、いつものように朔也の食事の世話を焼いていた。朔也も何事もなかったかのように母親に甘えきっている。トーストにバターを塗りながら、不思議な親子だ、と鷹之は思った。いや、親子とは不思議なものだというべきか。

鷹之はふと、朔也の本当の父親のことについて頭をめぐらせた。この場に本来いるべきはずの、もうひとりの男について。この親子と朝の紅茶を飲む資格があるのは自分ではなく、映子に精子を授けたその男なのだ。そいつがどれほど優秀で容貌にも秀でた男だったかは、朔也を見ればわかる。映子はその男を愛していたのだろうか。朔也の存在を彼に知らせただろうか。朔也の病気のことを彼に告げて、ともに泣いたことがあっただろうか。朔也は血のつながった父親と対面したことがあるのだろうか。その男のことをパパと呼ぶから、自分のことをそう呼んでくれないのだろうか？

そこまで考えて、鷹之は胸を衝かれる思いで朔也を眺めた。ぐったりと虚ろな表情の朔也と、目が合った。

「先生、ぼくの卵もあげる。食べて」

「さくちゃんのオムレツはケチャップのかけすぎだなあ。自分で責任を取らなくちゃ」

「もういらない。食欲ないの」

「パンもミルクもサラダもヨーグルトも、ほとんど手をつけてないじゃないか。もっとちゃんと食べないと……」

朔也が失禁していることに気づいたのはそのときだった。ガタガタとふるえながら見る見るうちに顔色が白くなっていく。朔也の体がゆっくりと溶けて小さくなっていくバターのように鷹之には見える。

「映子、たいへんだ……」

鷹之はバスタオルで朔也の濡れた下半身をくるんで抱き上げ、処置室へ運んだ。それは朔也の病状がもう一段階後戻りできない地点へと進んでしまった最初の兆候だった。よく晴れた冬の日曜日の朝だった。

3

でも雪はとても清潔なものだよ。ぼくは時々、ばい菌だらけの自分の顔をつめたい雪のなかに埋めて消毒するんだ。たまにだけど、裸になって、体のいろんなところを雪でゴシゴシこすってみることもあるよ。そうすれば熱いシャワーを浴びるよりも体の汚れが取れるような気がするんだ。サハラ砂漠について書かれた本で読んだんだけど、砂漠もとても清潔で、砂漠の遊牧民族は水のかわりに砂で手や顔や食器なんかを洗うんだって。ぼくは思うんだけど、雪も、砂漠も、それから海も、惜しみなく豊かにこの地上に与えられているものは、みんな清潔でどこかしら悲しいような気がする。

朔也→未央

朔也くんのメールを読んで、ちょっとびっくりしたことがあります。あのね、わたしもあなたと同じことしてるの。わたしもね、時々、裸で海に入って、髪の毛や体を洗ってるの。リスカで切り傷だらけの体に海水はしみるけど、清められる感じがして。そういえば海水はほのかに血の味もする。涙だとか、血だとか、まるで海って人間の体の成分でできているみたい。

未央→朔也

朔也の高熱と嘔吐とてんかんを思わせる痙攣は数日間続き、鷹之はよほどの急患以外はキャンセルして特別室に張りついた。映子はそのあいだずっと泣きじゃくっていた。意味不明の呪詛（じゅそ）のような言葉をぶつぶつ呟いては泣き、朔也の足の裏を狂ったように撫でさすっては泣き、朔也が元気になったら食べさせるのだと言って好物のアップルパイを焼きながらキッチンに立ち尽くしてぼろぼろ泣いた。鷹之は鎮静剤を与えなければならなかった。

朔也の状態が安定しても、鷹之は朔也の部屋で朔也のベッドの隣に布団を敷いて眠り、夜中の急変に備えた。朔也の笑い声が聞こえてくるようになると、映子もようやく落ち着きを取り戻したが、いつまでも朔也の部屋にこもりきって顔を見せようとしない鷹之に苛立って、用もないのにタカさん、タカさん、と何度も呼びにくるようになった。極度の緊張と不安から解放された映子が何を求めているか、鷹之にはよくわかっていた。もう二週間も彼女の体に触れていない。映子は俺に激しく抱かれたがっているのだ。

「ねえ、タカさんってば」

映子は三日もあけば不機嫌になる女なのだ。それは彼女が淫乱だからではなくて、たったひとりの最愛の息子をいつ神に奪われるかもしれないという緊張を絶えず強いられているからだろう、と鷹之は思った。その恐怖をつかの間でも忘れるために、映子はセックスに溺れずにはいられないのだ。この親子は一卵性双生児のようによく似ている。朔也が死んだら、そのままあとを追ってしまうのではないか、いや朔也の心臓が止まるのと同時に映子の心臓も止まってしまうのではないかと、鷹之はおそろしくなってくるのである。

「タカさん、ねえ、来て」

そう思うと映子が不憫で、抱いてやらなくてはと思うのだが、正直に言えば鷹之はもっと朔也のそばにいたかった。どう考えてもこの子のほうが先に死んでしまうのだ。映子とはあと十年でも二十年でも一緒にいて愛し合える。でもこの子にはあと数年の時間しかないのだ。

「タカさん、お願いよ」

「ママが呼んでる。行かなくちゃ」

朔也がずっと握りしめていた鷹之の手をゆるめた。行ってもいい、ということらしい。

「苦しくなったり、何かほしくなったら、ブザーを押すんだよ」

「ママとセックスをしに行くの？」

鷹之はぎょっとして、朔也の青白い顔を眺めた。その顔の中にはいかなる表情も浮かんでいなかった。反抗的な目をしてくれたほうがまだ救われるような気がした。

「そりゃまあ、夫婦だからね。たまにはそういうことだってあるさ」

隠すのも不自然なので、鼻をかむような調子で答えた。

「ママはどう？　上手なの？」

「えっ？」

鷹之は耳を疑った。朔也は悪びれもせず言った。

「つまり、ほかの女の人とくらべて、ということだけど」

「おいおい、きみはまったく何てことをきくんだ」

鷹之は冷や汗を流したが、朔也は相変わらず無表情な目でうすぼんやりと鷹之を見ている。ここは何と答えるべきなのだろう、と鷹之は逡巡し、取り繕っても仕方がない、と腹を決めた。

「ママは俺にとって最高の女だよ」

「それならよかった。ぼくが死んだら、ママにうんとやさしくしてあげてね」

朔也はやっと微笑んでくれた。鷹之はほっとして、きみは死なないよ、といつものように囁いて、無精髭だらけの顔をくしゃくしゃにしながら、部屋を出た。

そのことがあってから、鷹之は朔也のヰタ・セクスアリスについて考えるようになった。性のめざめはすでにはじまっているのだろうか？　十二歳という年齢を「まだ十二歳」と捉えるべきか、「もう十二歳」と捉えるべきか、鷹之にはよくわからなかった。自分のことに照らし合わせて考えてみると、そういうことでムズムズしはじめたのは中学生のころだったと記憶している。でもこういうことには個人差があるし、何より時代はどんどん変わっていて、今や小学生が援助交際をするというではないか。

おそらくはこのような病気を抱えて生きてきたがために、そしてあのような母親とともに暮らしてきたがために、朔也は同年代の子供たちよりはるかに大人びたところがあると鷹之は思っていた。失禁の後始末をしたとき朔也のオチンチンを見て、もうこんなに大きいのかと感心したのを覚えている。熱いタオルで拭いてやっているときに、気持ちがよかったのか朔也は無意識のうちにもう一度勢いよく放尿したが、その飛沫を顔面に浴びながら鷹之は、でもやっぱりまだ赤ちゃんだな、と思ったのだ。ふたりでテレビを見ているときに女性の裸が出てきてもこれといった反応を示すわけでもないし、映子

が風呂上りにスリップ一枚でウロウロしていても、

「ママ、服くらい着なよ」

と眉をひそめるだけで、視線をそらせるわけでもなく、まったく意識している様子がない。朔也と仲良くなった入院患者の青年がエロ雑誌を持ちこんで、

「ほら、見せてやるよ」

と朔也の部屋に置いていったときも、ちらりとページをめくって、

「うわ、気持ち悪ーい」

と放り投げたくらいなのだ。鷹之はあとでその話を患者の青年から聞いて知った。

「さくちゃんはまだまだネンネっすね」

青年は朔也をかわいがっていて、いろいろと教えてやりたいようだったが、朔也のほうではそれほど懐いているわけではなかった。朔也は誰にでもそうなのだ。まわりの大人にどんなにかわいがられても、決して懐くということをしない。鷹之は自分だけがあの気難しい少年に特別扱いされていることを、ひそかに誇りに思っていた。

「でも時々、すげえ早熟なこと言うんだよなあ」

「たとえばどんなこと？」

「こいつ、もう女を知ってるんじゃないかって思うような、なまめかしいこと。いやあ、先生にはとても言えませんよ」

青年は鼻の穴をふくらませて下卑た笑い方をした。鷹之の胸は不穏にざわついた。

「まさか。まだ十二歳だよ。女なんて知るわけがない」

「でもたいていの女は、さくちゃんにちょっかい出したくなるんじゃないのかな。俺、ホモっ気はないっすけど、そのへんの女よりさくちゃんのほうがよっぽどきれいだと思いますもん」

そのとき青年の額でてかっているニキビがたまらなく不潔なものに見え、鷹之はその日から青年を特別室に出入りできないようにした。他の男になめまわすような目で朔也を見られることが我慢ならなかったのだ。

ある夜、鷹之と映子のセックスがクライマックスを迎えようとしているときに、ブザーが鳴った。鷹之は躊躇(ちゅうちょ)なくペニスを引き抜いて、ガウンを羽織って、特別室に駆けつけた。

「ごめん。ぼく邪魔しちゃった？」

汗にまみれ、息を切らせた鷹之を見て、朔也がきまりわるそうに言った。子供にそんなことを言われると、こっちのほうがきまりわるくなってしまう。

「いや、大丈夫だよ。どうした？　苦しいのかい？」

鷹之は朔也の額に手を当てた。少し火照っているが、意識はしっかりしているようだ。

「寝てるあいだにまたお漏らししちゃったみたいなの。自分で着替えようと思ったんだけど、腰のあたりが痺れるように重くって、起き上がれないんだ。ごめんなさい」

「いいさ。気にするな」

いつもなら映子も飛んでくるのだが、さすがに今は生々しい女の顔を見られたくないのだろう。映子は朔也に何かあるとパニックに陥ってオロオロするばかりなので、どうせいても役に立たない。

「そろそろオムツをしなきゃいけない？」

「そうだね。でもまだトイレが間に合うときもあるんだから、オムツはもう少し様子を見てからにしようか」

慣れた手つきで濡れたパジャマとパンツを脱がせると、鷹之は、あ、と小さく声を出した。朔也のパンツを濡らしているのはオシッコではなく、別のものだったのだ。

鷹之は咄嗟に見て見ぬふりをした。そしていつものように熱いタオルで股間をきれいにしてやった。腰が痺れるように重いのはおそらく快感のせいなのだろうと、鷹之はとりあえずほっとした。初めての夢精を映子に見られなくてよかったな、と男の子のプライドのために思ったくらいだった。

「朔也、どうだった？」

洗面所で朔也のパンツを洗っていると、映子が寝室から声をかけてきた。

「何でもない。心配いらないよ」

女の子ならさしずめ初潮か、世の親は赤飯を炊くところか、と思いながら、朔也がどうやら思春期という季節に足を踏み入れたらしいことに、そこまでどうにか生き延びたことに、鷹之は安堵した。と同時に、彼の子供時代が終わりを告げたことに寂寥感を覚えていた。なぜだかわからないが、朔也のパンツを洗いながら鷹之は無性に涙がこぼれてきた。続きをせがむ映子が焦れて呼びに来るまで、鷹之は洗面所で泣きつづけた。

4

ぼくたちは魂の双子なのかもしれないね。これでぼくたちが一緒に死ぬんだってことが、それが運命なんだってことが、よくわかった。きっとその瞬間まで、少しの迷いもなくいられると思う。ありがとう。とても未央ちゃんに会いたくなりました。

朔也→未央

わたしのことを選んでくれて、こちらこそどうもありがとう。わたしも朔也くんに会いたい。わたしたちの出会いはネットの中だったけど、今では現実世界の誰よりもあなたのことを身近に感じます。あなたのメールを読むたびに、あなたがすぐそばにいて、あなたに触れているような気がします。心中って、本当は愛し合う男女がするものでしょう？　嘘でもいいから恋愛っぽい気分を味わってみたいな。こういうのって少女趣味かな。

未央→朔也

だが気まぐれな神が鷹之から最初に奪ったものは、まったく思いがけないことに朔也ではなく映子だった。鷹之がどうしてもはずせない重要な学会で東京へ行っているあいだにその事故は起こった。どうしてもアップルパイが食べたいと朔也がわがままを言い、映子に作らせようとしたのだが、林檎はあったもののあいにくシナモンが切れていた。シナモンは隣町のスーパーに行かなければ買うことができない。そして、その日は朝から大雪だった。

「明日になったら雪もやむから、明日まで我慢してね」

と映子は息子に懇願したが、その日に限って朔也は激しい癇癪を爆発させ、ひきつけを起こしかねない勢いで暴れながらどうしてもアップルパイが食べたいと泣き叫んだ。

「明日まで待てるでしょ？　ねえ、お願いよ。ママちょっと飲んでるし、外はあんなに雪降ってるし、運転なんかできないわよ」

「ぼくは明日死ぬかもしれないんだよ！　待てないよ！　あとで後悔したって知らないよ、あんなに食べたがっていたんだから死ぬ前に食べさせてあげればよかったたって。どうしても今日食べたいんだ！　ママのアップルパイが食べたいんだよ！」

「じゃあ、シナモンなしで作ってあげる。かわりにハチミツをいっぱい入れて、ラム酒で風味をきかせたら、結構いけるかも」

「いやだよ！　そんなのアップルパイじゃない！　シナモン買ってきて作ってよ！」

留守中に何かあったときのために鷹之は車を置いて出かけていたので、フル装備を施したランドローバーはガソリンが満タンの状態で駐車場に待機している。だが映子は運転免許を取って間もない新米ドライバーであり、しかもいくらか酒を飲んでいた。朔也の症状の悪化とともに酒量が増えて、昼間でも飲まずにはいられないまでになっていたのだ。

具合の悪いときにわざとわがままを言って困らせようとする病人の気持ちはわからなくはないが、その日の朔也はまるで命にかかわるような切羽詰った様子でアップルパイに執着し、ただのわがままのようには見えなかった。それはすさまじいわがままだった。この子が食べ物にこんなに執着するのは初めてではないだろうか。本当に明日死んでしまって、この子の言うようにあれほど食べたがっていたものを食べさせてやればよかったと後悔することになるのではないか。身をふるわせて「ママのアップルパイ」を要求する息子を見ながら、映子はだんだんと理性が母性に負けていくのを感じた。

飲んでいるといったって、たかだか缶ビールを三本ではないか。映子はテーブルに並んだ空き缶と鏡に映る自分の赤い顔を見比べ、手のひらにハーッと息を吹きかけてみた。

少々酒臭いが、まさかこんな雪の中で真っ昼間から飲酒運転を取り締まっている奇特な警官もいないだろう、と映子は思った。ついでに今夜飲むぶんの酒が心もとないから買い足しておこう。だが映子は、缶ビールを飲む前に冷蔵庫から出して飲んだグラス三杯のワインのことを忘れていたのである。

「二十分で戻るから。帰ったらすぐ作ってあげるからね」

しかし映子はそれきり二度と戻ることはなかった。往きはゆっくりと慎重に運転していたのに、シナモンと赤ワイン三本と缶ビールを一ダース買いこんでほっとした途端に車の中でビールを一本空けてしまい、ゆらゆらと揺らめく意識のなかで朔也が天使のように羽根を生やして天上に昇っていくのを見て、映子は無意識のうちにスピードを上げた。降りしきる雪のなかで視界は閉ざされ、天使になった朔也が穏やかな微笑を浮かべながら自分に手を振っている姿が脳裏から離れなくなって、映子はパニックに陥った。反対車線を走っていたトラックが前方からよろよろと蛇行してくるランドローバーに気づいたのはほんの数メートル先のことだった。よけようと体が反応したときにはもう手遅れだった。ランドローバーはブレーキを踏む暇もなく、何かに向かってひたむきに駈けていくランナーのように白い闇のなかへ吸い込まれていった。

このようにして鷹之と朔也は、この世に二人きりで残されてしまった。なぜあんな吹雪の日にわざわざ車を運転しなくてはならなかったのかと人に訊かれるたびに、鷹之は沈痛な面持ちで口を噤んだ。事故の日以来、朔也は一言も口をきこうとせず、ぼくのせいだ、ぼくのせいだ、とうわ言のように繰り返してただ泣くばかりだったからだ。アルコール依存症の妻に車のキイを渡してしまった自分を鷹之は責め続けた。仕事が手につかなくなり、食べることも眠ることもできなくなり、涙が汗のようにこぼれ続けた。あんな死に方をした映子にひとつだけ慰めの言葉をかけてやるとしたら、最愛の息子の死を見ないですんでよかったな、ということだけだった。それが耐えられなくて先に向こう側へ行ってしまったのかい、と彼は妻の遺影に語りかけた。

二人が夫婦として一緒に暮らしたのはわずか二年、セックスをするようになってからはまだ三年足らずしか経っていなかった。その短い年月のあいだにおこなったセックスのひとつひとつを、鷹之は鮮明に思い起こすことができた。彼女のからだのどこにホクロがあり、性感帯がどこに隠されているかも、鷹之は知り尽くしていた。こんなにすばらしいことがいつまでも続くはずがないと、やがて訪れるであろう悲しみの予感に怯えながら鷹之はいつも映子と交わった。でも二人の幸福を打ち砕く悲しみの予感とは朔也の死であって、映子の死ではなかった。まさか映子のほうが先に死ぬなんて、鷹之はゆめにも考えたことがなかった。朔也も、そして映子自身も、考えたことはなかっただろう。

だが鷹之にはいつまでも悲しみに沈んでいる暇はなかった。彼にはまだ生きていて全力でケアしなくてはならない家族がもうひとりいる。病魔は悲しみのための猶予をくれるわけではない。葬儀から二週間ほど過ぎた朝、朔也からの呼び出しのブザーがようやく遠慮がちに鳴り響いた。

「先生はぼくを捨てるの？」

鷹之はその言葉に打ちのめされた。

「何だって？」

「ママが死んだらもう、ぼくと一緒にいる義理はないよね」

「義理だって？　そんな言葉を誰がきみに吹き込んだんだ！」

鷹之は思わずかっとして、大きな声を出していた。

「お葬式のとき、先生の親戚の人たちが話していたよ。ぼくは金がかかるだけのお荷物なんだって」

形だけのお悔やみを言いに来て、ついでにひとでなしの皮肉まで聞こえよがしに言い置いていった親戚とはこれで縁切りだ、と鷹之は決心した。あのとき俺があいつらを殴らなかったのは、開業資金のための金を借りていた恩があるからだ。でも、やはり殴っておくべきだった。世の中には言っていいことと悪いことがあるのだと、朔也の前できちんとわからせてやるべきだった。

「俺がきみと義理でつきあっていると思うかい?」

朔也は黙って首を横に振った。

「俺がきみをお荷物だと思っているとでも?」

朔也は少し考えて、

「でも、ぼくはお荷物でしょう?」

と言った。

「よく聞いて。俺はさくちゃんのことが可愛くて可愛くてたまらないんだ。この世の中で誰よりも大事で、本当の息子のように思ってる。それはきみがママの息子だからじゃない。俺の患者だからでもない。俺はきみのことが好きなんだよ」

「ほんとに?」

朔也は探るような目つきで鷹之を見上げている。

「さくちゃんも俺のことが好きだろう?」

「うん」

「それは俺がママと結婚したからか?」

「ううん、ちがう」

「俺がきみの先生だから?」

「ちがうとおもう」

「じゃ、おんなじだ。俺ときみは互いに必要としあってて、一緒にいたいと思ってる。二人は親友で、そして家族だ。今はまだきみは小さいし病気だから俺がきみを助けるが、いつか俺が年を取ったらきみに助けてもらうこともあるかもしれない。だからきみは遠慮なんかしないで俺に甘えればいいんだよ。わかる？」

「うん、わかった」

朔也はようやく鷹之に向かって微笑んだ。その微笑を見るのはずいぶんと久しぶりのような気がした。これさえあれば生きていけるかもしれない、と鷹之は思った。

「それにな、捨てられて困るのは俺のほうなんだ。実際、俺はさくちゃんがいないと生きていけそうにないよ」

「ぼくが先生を捨てるわけないでしょう。ぼくには先生しかいないんだよ」

その言葉は鷹之の生命力を取り戻すのに充分な力をもっていた。そしてそのあとで朔也は、もっと鷹之を嬉しがらせることを言った。

「おなかが空いちゃった。何かおいしいものが食べたいな」

この二週間のあいだは看護師の森さんに朔也の食事の面倒を見てもらっていたのだが、森さんの料理の腕は決して褒められたものではなかったのである。

「もう森さんのごはんはいやだよ」

「それもそうだな。あれはひどい。よし、先生がステーキを焼いてやろう」

「そうこなくちゃ。ぼく、先生のステーキは結構気に入ってるんだ」

「つけあわせはジャガイモとほうれん草でいいかい？」

「最高！ ポテトフライじゃなくてマッシュポテトにしてね」

「オーケー。トマトのサラダとコーンスープもつけよう」

ああ、この子はまだ生きていて、腹を空かせている。泣いている暇があったら、めしを作れ。嘆いている暇があったら、奇跡を起こす努力をしよう。俺にはもうこの子しかいないのだ。鷹之はようやく顔を洗い、シャワーを浴び、無精髭を剃り、新しいシャツに着替えた。体重が七キロも減っていた。


鷹之と朔也は以前にも増して、ぴったりと寄り添いあって暮らした。映子が生きていたときよりも、二人の絆はなお一層深まった。二人だけの生活に慣れてしまうと、それが本来の自然な姿であり、最初から二人だけで暮らしていたかのような錯覚を覚えるほどすべてがスムーズにうまくいった。手のかかる薔薇は朔也ではなく映子のほうだったのだと、鷹之は思い知らされることになった。

女は感情的な動物だから、二十四時間一緒にいるとどんなに好きな女でも苛々させられて、ひとりになりたいと思うことがある。考え事をしているときでも平気で話しかけてくるし、わけのわからないヒステリーを起こすし、よく泣くし、すぐ笑うし、いつも文句ばかり言っていて、何だかんだとよく拗ねる。どうしたって振り回されてしまうのだ。

その点、朔也はつねに情緒が安定していて、鷹之を掻き乱すことがない。映子にしていたように無理難題のわがままを押しつけることもなければ、感情を爆発させたりもしない。もとは他人である自分に遠慮しているのだろうかと鷹之は不憫になるのだが、朔也は生来クールなたちで、水のようにしんとした少年なのだということがわかってきた。火のように激しい映子に触発されて、時々その火が乗り移るようにして癇癪を起こしていたに過ぎなかったのだ。どちらかといえば鷹之も水のような男だったから、水と水どうしはうまく馴染んで、不要な摩擦を引き起こすこともない。

「ぼくたち、うまくやってるよね？」

と、朔也は時々きくことがある。

「とてもうまくやってるんじゃないかな」

「だよね。まるで本当の親子みたい」

「いや、本当の親子じゃないからうまくいってるのかもしれないよ。親子ってやつは血が濃いから、わりに感情的になりやすいんだ」

「そうか。そうかもね」

「きみはいつまでたってもパパと呼んでくれないし」

「ママがいないのに、今さらそれはないでしょう」

朔也は看護師たちの前では先生と呼び、二人でいるときにはタカさんとか鷹之さんとか呼んでいる。鷹之さん、というのは一見他人行儀な呼び方のようだが、慣れてしまえばこれが一番しっくりくる。朔也が対等な大人になったようで、鷹之は妙に嬉しいのだ。

「鷹之さん、寂しくない？」

と、朔也はきくこともある。とりたてて寂しそうな顔を見せたつもりはないのだが、ふとした隙間に映子の鼻歌が聞こえてくるときがあり、無心にそれに耳を傾けているときなどに。

「さくちゃんがいるから、寂しくないさ」

「女がほしくならない？」

「映子よりいい女なんていないよ」

「でもママはもういないんだし」

「きみは俺に他の女とのセックスを奨励してるのか？」

「べつに奨励はしないけど、ぼくに止める権利もないってこと」

この子は俺に気を遣っているのだ。この子のほうがよほど寂しいはずなのに、と鷹之は胸が痛くなった。

「セックスなんかしなくたって、べつに死にゃあしない」

「そういうもんなの?」

「さくちゃんのほうこそ、女がほしいんじゃないのか?」

鷹之はいつかの出来事を思い出してきいた。彼はもう十三歳だ。そろそろこの手の話題も避けられない年頃だろう。だが、その瞬間にそれまでの親密な空気が消え、

「ぼくには性欲ってないから」

ぴしゃりと戸を閉めるような言い方をされた。こういうときはそれ以上踏み込まないほうがいいということを、鷹之は長年の経験で知っていた。

5

朔也→未央

ロミオとジュリエットのように、最初で最後の恋をしようか? まだ会ったこともないのに、ぼくはきみがとても好きだよ。きみのメールを読んでいると、きみのことを抱きしめたくなるよ。裸で泳いで海から上がった人魚のきみを、毛布になってそっとくるんであげたくなるよ。

ステキなロミオさんへ。そうね、最初で最後の恋をしましょう。だって、人間はそのために生まれてきたんだもの。そして、そのために死んでいく人たちだっているのだか

ら。

未央↓朔也

鷹之にとって家事の負担はたいしたことではなかった。洗濯も乾燥も機械がやってくれるし、アイロンがけの必要なものはクリーニングに出せばいい。掃除機をかけるのは週に一度で充分だ。料理は週末くらいは気晴らしを兼ねて自分でするが、平日は朔也のために専門の栄養士を雇うことにした。これまで入院患者の食事は栄養士の指示に従って映子が作っていたのだが、通いで新しく栄養士に来てもらうことにしたのだ。

珠代(たまよ)さんというその栄養士はなかなかの当たりだった。味付けもおいしく、朔也の病気についてもよく勉強し、頼みもしないのに鷹之の酒の肴(さかな)までささっと作ってくれる気配りがあった。器量も悪くないのに三十代半ばでまだ独身なのは当世では珍しくもないことで、栄養士としての稼ぎがいいから釣り合う男を見つけるのが難しかったのだろう、と鷹之もみんなも思っていた。

「先生と朔也くんは、とっても仲がいいんですね」

ある日、隣の市にできたばかりの巨大なショッピング・センターへ一緒に調理器具の買出しに出かけたときに、珠代が言った。

「まあ、二人きりの家族ですから」

「家族というより、まるで恋人同士みたい」

鷹之はうろたえて、物色していた商品を取り落としそうになった。

「はあ?」

「彼が先生のこと、鷹之さんって呼ぶじゃないですか。そのときにすごく甘い声出すんですよね。他のときとは別人みたいに」

「甘え上手なんですよ。あれの母親が甘やかして育てたものだから」

一家の事情は一応、珠代には話してある。

「でも、あたしにはまだ甘えてくれません」

さてはこの女性も朔也のルックスに参ってしまったのだろう、と鷹之は思った。つまりこの俺に嫉妬しているというわけか。

「あの子はあれでなかなか難しい子でしてね。そう簡単には心を開かないところがある。でも時間の問題ですよ。あなたのことは気に入っているようですから、そのうちいやというほど甘えてきますよ」

「いいえ。あたしはどうやら、朔也くんに嫌われているみたいです」

「そんなことないでしょう。あの子は嫌いな女性の作ったものを食べるような子ではありませんよ」

「それは先生を悲しませたくなくて、仕方なく食べているだけじゃないでしょうか」

「そうは見えないが。彼に何か言われたんですか？」

「ええ、実は……。珠代さんは先生に気があるのか、って」

鷹之は思わず吹き出した。

「そういうことを言いたい年頃なんですよ」

でも珠代は笑わなかった。

「それが……先生に手を出したら許さない、っていうようなニュアンスで」

「それはもしかしたら……彼があなたに気があるからでは？」

だが鷹之は心の中で、その可能性について弱々しく否定したがっている自分に気づいた。ぼくには性欲ってないから、と吐き捨てるように呟いた彼の絶望の深さにどこまでも寄り添っていきたい気がしていた。ねえあんた、ママの男を取らないでよ、という映子の声がふいに胸の奥の肋骨の隙間から聞こえてきた。なぜ俺はいつまでもあの言葉を忘れることができないのだろう。

「まさか。それはありえません」

「なぜそう思うんです？」

「あたしも愛情に関してはそれなりに敏感なほうなんです。好意を悪意と勘違いするほど、鈍感ではありません」

珠代は愛情に関して敏感にならざるをえなくなった自分の子供時代の話をしたがって

いるように鷹之には見えた。それはつまり彼女の恋愛観を聞くことであり、それはそれで興味深いことだったが、朔也が話に絡んでいる以上、このまま話題を方向転換させるわけにはいかない。

「なぜあの子があなたに悪意をもつ必要があるんですか?」

「先生って意外と鈍いんですね」

「どういう意味かな?」

「朔也くんがあたしを嫌う理由はただひとつ。あたしが先生を好きだからですよ」

えっ、と鷹之は拍子抜けした声を出していた。珠代の真剣な眼差しを見ていると、それが冗談でないことがよく伝わってきた。ショッピング・センターの調理器具売り場で、最新式のフード・プロセッサーを選びながら女に求愛されるなんて、思ってもいなかった。うかつなことに鷹之は彼女の気持ちに微塵も気づいていなかったので、それをよけるすべもなく正面から受け止める羽目になってしまった。

「それはどうも……ありがとう」

珠代はまだ見つめていた。鷹之はそのあとの言葉に窮し、こういうときはオヤジギャグだ、オヤジギャグを炸裂(さくれつ)させて笑ってもらうのが一番いい、と思ったが、咄嗟の持ち合わせもなく、またしても正面から切り込んでしまった。

「しかし、残念ながらあなたのお気持ちに応えてあげることはできないな」

「わかっています。先生はまだ亡くなられた奥様のことを愛していらっしゃるんですよね。お写真を見ればわかります。あんなにきれいな方、そんなに簡単に忘れられるわけありませんもの」

「どこで妻の写真を？」

「朔也くんが見せてくれました。そのとき、あたしは彼の悪意に気づいたんです」

なるほど、それならよくわかる。朔也は家族の写真を他人にわざわざ見せるような子ではない。そこには何か魂胆があるはずだ、と鷹之はようやく理解した。

「でも、あたし急いでいませんから。先生が奥様を忘れることはないでしょうけど、朔也くんはこれからどんどん大変になっていくわけですし、きっといつか支えが必要になると思うんです。あたし、ヘルパー二級の資格ももってますから、お役に立てると思います。ですからそのときには、あたしのことを思い出してくださいね」

「お気持ちだけ、ありがとう。でもあなたのように有能ですばらしい女性なら、こんなバツイチ男より、もっといいご縁がありますよ」

「先生、バツイチなんですか？」

珠代は屈託のない笑顔で少し笑った。

「そうです。自慢じゃないけどバツイチ、死に別れ、コブつき、借金まみれ、しかも長男」

「それはすごいわ」

「ひいちゃいましたか?」

「いいえ、あたしは困難が大きければ大きいほど燃えるタイプなので」

「まいったなあ」


鷹之は久しぶりに楽しい気分を味わっていた。頭がよくて、魅力的で、自分を好いてくれている女性とこんなふうにおしゃべりするのは無条件で楽しいことだ。そう思うと同時に鷹之は、朔也に対してほんのわずか後ろめたい気持ちを感じずにはいられなかった。あの子の喜びそうなゲームソフトと新しいパジャマを買っていってやろう、と鷹之は足早に次の売り場へ移動した。

そのことがあってからも珠代はいつも通りに出勤し、いつも通りの仕事をこなした。鷹之も何事もなかったかのように接していたが、好むと好まざるとにかかわらず、彼女のことを意識するようになった。以前には気がつかなかった彼女のやさしさ、たとえばさりげなく食卓に花が活けられていることや、鷹之の白衣のずっと取れたままになっていたボタンがいつのまにか縫い付けられていることに、鷹之は微笑とともに気づくようになった。映子はそういったことにあまり気のつくタイプではなかったので、女がそんなふうにいじらしく自分をアピールするやり方は彼にとって新鮮で好ましいものだった。

馴れ馴れしく鷹之と朔也の家庭の領域に入り込んでこないところも気に入った。しかしいずれにせよ、朔也を味方につけなければ彼女に勝ち目はないだろうことも、鷹之にはわかっていた。

鷹之の見るかぎり、朔也と珠代のあいだに表面的な緊張関係はないようだった。朔也は珠代の拵（こしら）えるものを文句ひとつ言わずに食べ続けていたし、珠代が朔也に対してぎこちない態度を見せることもなかった。

「朔也くんが好きだって聞いて、アップルパイ作ってみたんだけれど」

とデザートに焼きたてのアップルパイが出てきたときは、さすがに鷹之もはらはらした。珠代としては朔也の機嫌を取っているつもりなのだろうが、それはおふくろの味を思い出させて逆効果なのではないかと思ったのだ。だが朔也は素直にアップルパイを食べ、

「うん、いける」

と言って、鷹之にウインクした。鷹之もひとくち食べてみて驚いた。それは映子のアップルパイとまったく同じ味だったのである。紅玉を使うところ、林檎のシャリシャリした食感が残っているところ、シナモンとブランデーをたっぷりと使って風味豊かに焼き上げているところ、パイ生地のしっとりとした厚みまで、寸分違わずそれは朔也の好きな「ママのアップルパイ」だった。

「驚いたね」

と、鷹之はあとで珠代に言った。

「一体あのレシピをどこで手に入れたんだい？」

「朔也くんが教えてくれたんです。これとまったく同じのを作ってくれって」

「それはまた……どうして？」

「さあ……試験のつもりなんでしょうか」

鷹之は混乱し、珠代も困惑していた。

「試験のつもりなら、珠代さんは見事にパスしたね」

「でもあれはいくら何でも糖分が多すぎるし、栄養学的には問題がありますね。リクエストされたから作りましたけど、もう駄目です」

栄養学的な問題というよりも、それは女のプライドの問題なのだろうと鷹之は思った。一度だけ完璧な味を再現しておいて、いつでもこれくらいは作れるが健康のためにもう作らない、ということをわざわざ示して見せるところに鷹之は珠代の女としての意地を感じた。栄養士としての意地ではなく、どこまでも女としての意地なのだった。

表面的には何事もなくても、水面下では朔也と珠代とのあいだには確執が生まれているのかもしれない。鷹之は誰よりもまず朔也のことを案じる癖がついていたので、珠代の件に関しても彼の気持ちを詮索しないわけにはいかなかった。

「珠代さんはどうだい？」

「よくやってくれてるんじゃないかな」

朔也はいつものようにクールに言った。最近は言い回しがどんどん大人びてきて、いっぱしのことを言うようになった。

「相性はよさそう？」

「栄養士と患者とのあいだに相性なんて関係ないでしょ」

「いや、人と人としての相性のことだよ」

「別に良くも悪くもないね。普通だよ」

「親切にしてくれる？」

「たいていの人はぼくみたいな病人に親切だよ」

朔也の言い方にはどことなく棘があるように鷹之は感じた。

「それならいいんだ。彼女がね、きみに嫌われてるんじゃないかって悩んでたみたいだったから」

「ああ……あのことか」

と言って、朔也はため息をついた。鷹之はおそるおそる訊いた。

「珠代さんと何かあったのかい？」

「あんまり言いたくないいんだけど。つまり、ぼくがあのことを人に言いふらすようなやつだなんて、思われるのはいやだし」

「あのことって？　珠代さんには言わないから、俺にだけこっそり教えてくれないか」

「でもぼく、告げ口なんてしたくないよ」

鷹之は気になって気になって、どうしても訊かずにはいられない気持ちになっていた。

「さくちゃん、たのむよ。医者も看護師も薬剤師も栄養士も、みんなひとつのチームなんだ。みんなで力をあわせて、きみの病気と闘ってる。チームワークが崩れたら、きみの命にかかわるんだよ。だから俺は責任者として、チーム内の不協和音は放っておけないんだ」

ここまで言うと、朔也はようやく重い口を開いた。

「実はぼく、こないだオナニーしてるとこ見られちゃってさ、珠代さんに」

どきりとした。いきなりそんなことを言われるとは予想もしていなかったので、鷹之はかなり驚いた。でももう思春期の少年なのだから、それくらいするのは当然なのだと彼は自分に言い聞かせた。

「う、うん。それで？」

「あ、ごめん。ショックだった？」

「まあ、ちょっとな。いいから、それで？」

「見て見ぬふりしてくれればよかったのに、珠代さん、ぼくのことじっと見つめてさ」

「そ、それで？」

「いきなり服脱いで、ブラジャーはずして、それからぼくのに触って、手伝ってくれようとしたんだよ」

「まさか……珠代さんが？」

朔也は屈辱的な表情を浮かべてこっくりと頷いた。

「何だかぼく、悲しくなっちゃって、触るな、って言って彼女を突き飛ばしたの。そしたら彼女は真っ赤になって部屋を出てった。それだけ」

朔也は今にも泣きそうな顔をして俯いていた。鷹之は朔也の肩に手をかけ、そっと抱き寄せた。こんなに恥ずかしいことを告白させた自分に腹が立ち、不注意に少年の自尊心を傷つけた珠代に腹が立った。そしてこのあいだの愛の告白を真に受けたおめでたい自分に、もう一度無性に腹が立った。

「珠代さんにはたぶん、悪気はなかったんだ。珠代さんはきみに気に入られたくて、きみの役に立ちたくて仕方がないんだ」

「だからって、あんなことしていいの？」

「女ってさ、こっちが想像もつかないようなやり方で好意をあらわそうとすることがよくあるんだ。きみにとっては不愉快なことだったかもしれないけど、他の多くの男の子にとっては、彼女のしたことは願ってもない嬉しいサーヴィスなんだよ。そんなことされて喜ばない男がいるなんて、きっと彼女は思いつきもしなかったんだろうな」

「ちがう。珠代さんは、ぼくに同情してたんだ。女とセックスもしないうちに死んじゃうぼくを憐れんでたんだよ。だからぼくは悲しくなったんだと思う。そんな目で見られて、そんな手で触られることに、やりきれなくなったんだと思う」

朔也の言う通りだと鷹之は思った。

「もしきみが珠代さんと顔をあわせるのが気まずいっていうんなら、栄養士を変えようか？」

「ぼくなら大丈夫。クビにするほどのことじゃないよ。この話は聞かなかったことにしてね。ぼくが告げ口したって思われたくないんだ」

「わかった。約束する」

だが鷹之はこのままですませるわけにはいかなかった。珠代が純粋に同情だけでそんなことをしたのだとしたらまだいい。しかしもし、ほんのわずかでもそれが欲情によるものだとしたら、そっちのほうが鷹之には許し難い気がした。自分のことを好きだと言ったその同じ口で朔也のペニスを愛撫しようとした女を、この家に出入りさせるわけにはいかない。

「これから訊くことに正直に答えてほしい」

ある日、鷹之は仕事のあとで彼女を送りがてら隣町へ行く口実をつくり、ドライブしながら話を切り出した。

「何でしょう、あらたまって」

クリニックでは二人きりになれる機会はほとんどないので、珠代は嬉しそうに上気している。以前の鷹之ならそんな彼女を可愛いとかいじらしいとか思ったものだが、今では嫌悪感しか感じなかった。鷹之はできるだけ冷静に朔也から聞き出したことを話し、それは事実かと問いただした。珠代はしばらく何も言わずに黙りこくっていた。

「どうなんですか？　事実なんですか？」

「朔也くんが、本当にそんなことを言ったんですか？」

珠代は重い吐息とともに、やっとという感じで言葉を喉から絞り出した。その次に鷹之が見たものは、つぶてのように両の瞼からこぼれ落ちる彼女の涙だった。それは音がしそうなほどの勢いで、大量に、次から次へとなすすべもなくこぼれ続けた。

「泣けばすむってもんじゃありませんよ」

強い語調で言ったつもりだったが、まるで威嚇になっていない臆病な飼い犬のように情けない声が出た。

「それで先生は、その話を信じたんですか？」

「それはあなたの言い分を聞いてから判断します」

「いいえ。先生はその話をすっかり信じていて、あたしを汚らわしいものでも見るように見ています。だったらあたしが何を言っても、言い訳にしか聞こえないんじゃないですか?」

「とにかく、異議があるなら言ってみてください」

鷹之はハンカチを差し出したが、珠代はそれを受け取らずに手のひらで涙を拭った。拭っても拭ってもあとから溢れてくる涙はとめどがなく、それを見ていると鷹之の胸はさすがに痛んで、自分が何か重大な間違いを犯しているように思えてきた。珠代は泣きながら、それでもきっぱりと、

「それは全部、朔也くんの作り話です」

と言い放った。

「先生が信じてくださるかどうかわかりませんが、あたしは正直にありのままを話します。信じてもらえないのなら、それはそれで仕方がないです。なぜ朔也くんがそんな嘘をつくのか、あたしにはわかりません。でもあんな病気と闘っていたら、誰だってどこかおかしくなっちゃうだろうってことは何となく理解できます。まだあんなに若いのに、人生はこれからなのに、しかも朔也くんはあんなにきれいで、頭もいいのに。世の中は不公平ですよね。もし自分が彼の立場だったら、気が狂っちゃうだろうと思います。でもだからといって、他人を傷つけてもいいってことにはならないでしょう?」

鷹之は大急ぎで頷いた。

「もちろんそうです。つまりあの話はでたらめだとあなたは仰るんですね?」

「まったくのでたらめというわけではありません。彼があの、オナニーしてるのをあたしが偶然見てしまったところまでは事実です」

オナニーという言葉を発音するとき、珠代は少し言いにくそうに口ごもった。鷹之はそのことに好感をもった。

「いつものように食事を運んでいったときです。かるくノックしたんですが返事がないのでドアを開けたら、彼は気づかなかったみたいで。それでテーブルの上に食事を置いて、声をかけようとしたときに、彼と目があったんです」

「ええ……それで?」

「こんなことは誰にも言うまいと思ってました。自分ひとりの胸にしまっておけばすむことだし、表沙汰になってクリニックにいづらくなることのほうがもっとつらいから」

「一体何があったんです?」

珠代は唇をかみしめ、大きく息を吐いた。

「彼は右手を動かしながら、じっとあたしを見つめてました。はじめは何をしているのか、わからなかったんです。でも、近づくにつれて彼の右手のなかにあるものが見えると、あたしびっくりして息が止まりそうになりました。そういうの見るのはもちろん初めてだったし、どうしたらいいかわからなくて。あとになって考えれば、すぐに目をそらして部屋を出て行けばよかったんです。でもそのときは何ていうか、金縛りにあったみたいに動けなくなってしまって。時間にしたらほんの二、三秒のことだったと思います。そのあいだに彼は左手をのばしてあたしの腕をつかみました。とても強い力でした。病人でもやはり男の子なんだと思いました」

珠代はここでもう一度大きく息を吐いた。車は林道を抜けて隣町に入っていた。ぽつりぽつりと商店の看板が見える。鷹之は汗に濡れた手のひらでハンドルを握りしめながら、辛抱強く話の続きを待った。

「朔也くんは、服を脱げ、ってあたしに言いました。いやだと言って断ると、左手はそのままに、右手のほうで枕の下からナイフを出して、あたしに突き付けたんです。刃が分厚くてぴかぴかの、子供の首だってあっさりと切り落とせそうな、すごく立派な本物のナイフでした。ためしに彼がそのナイフであたしの胸元をそっとなぞっただけで、ブラウスとブラジャーがすーっと割れて、あっという間に乳房が露(あら)わになりました。そのときについた傷があたしの胸の谷間に残っています。証拠としてご覧になりますか？」

「いや、いいよ。先を続けて」

「彼はあたしの手にナイフを握らせて、自分のペニスを切り落としてくれ、と言いました。ふざけてるんじゃなくて、本気でそう言ったんです。そんなことできるわけがない、って言うと、やらないならあたしのおっぱいを切り落とす、って。だからあたしは言いました。おっぱいを切ったくらいじゃ人は死なないけど、ペニスなら死ぬわ、って。どっちみちぼくは死ぬんだから、こんなものないほうがいいんだって彼は言った。どうせならフェラチオしてくれって言われたほうがましだと思いました。正直にそう言うと、ぼくのは固くならないんだ、どうやっても駄目なんだ、だからそんなことしなくていい、ただこれを切り落としてほしいだけだ、って泣きながら懇願するんですよ。あたしも一緒に泣きました。あたしにできることは他に何もなかったから」

そこまで一気に話すと、珠代は号泣した。

号泣がおさまるのを待って、鷹之は訊いた。

「話はそれでおしまい？」

「こんな話、たとえ先生でもしたくなかった。朔也くんが嘘をついたのはショックだったけど、あの出来事は彼の内面を知るいいきっかけになったとあたしは思っています。彼があそこまで自分をさらけ出してくれて、あたし嬉しかったんです。もっともっと彼のために努力しようと思いました。だから彼のためにも黙っていたかった。でも先生は彼の話を全面的に信じてた。あたしの気持ちを全然信じてくれてなかったんですね。もういいです。何が悲しいって、そんな女だと思われてたことが悲しくてたまらない。もう明日からお宅には伺いません。でもどうか朔也くんを責めないであげてくださいね。どんなに裏切られても、必要とされなくても、あたしは彼のことも、あなたのことも、嫌いにはなれません。何の力にもなれなくて、申し訳ありませんでした」

　鷹之はコンビニの駐車場に車を停め、珠代の目を見て、すまない、と言った。すまなかった。本当にすまない。ゆるしてほしい。珠代が涙を止めてくれるまで、どんなことでもする気持ちで言い続けた。髪を撫で、手を握り、やさしく見つめ、その手にくちづけ、ついに唇にくちづけた。珠代はおずおずと舌を絡めてきた。女の舌の懐かしい感触に陶然となりながら、俺にはきみが必要だ、あの子にもだ、俺のそばにいてくれ、俺たちのそばにずっといてくれ、お願いだ、どこにも行かないでくれ、と鷹之は言い続けた。背中のほうから深まっていく薄闇の気配にも似た甘い悲しみにつつまれて、夢中で愛の言葉を囁き続けた。

6

　ぼくはまもなく光を失うだろう。例の場所で予定通りの期日に決行しよう。きみのほうは問題ない？　薬はもう手に入れたから何も心配いらないよ。あとは当日、雪が降るのを待つだけだ。沖縄にいるきみには想像できないだろうけど、例の場所もこのあたりと同じように、十一月中旬には雪が降り出すはずだ。ぼくはネイビーブルーのピーコートを着て赤いキャップをかぶり、黒いサングラスをかけて車椅子に乗っているからね。

ぼくを見つけたら、肩を三回トントントン、とたたいてね。はじめに右肩を、それから左肩を。それでぼくにはきみだとわかるよ。それを合図に出発しよう。そこからはきみがぼくの車椅子を押してくれるのを、ぼくは安心して委ねていられる。その場所に着いて、いよいよ決行したくなったら、ぼくにキスしてくれるかい？　それが合図だ。

さあ行こう、恋人よ。きみと世界の果てまでも。

朔也↓未央

すべて了解。こちらは何も問題ありません。航空券も手配したし、証拠を残さないように、パソコンから朔也くんとのメールはすべて消去しました。新聞にネット心中なんて書かれたくないもんね。わたしたちの心中はそんなものではないと思いたい。あなたはロミオで、わたしはジュリエットなんだと信じたい。大丈夫、あなたのことはすぐ見つけられると思う。ネイビーブルーのピーコートに赤いキャップをかぶってサングラスをかけた男の子がどんなにたくさんいたとしても、あなたを見分ける自信はあるの。あなたが車椅子に乗ってるからじゃないよ。言葉も手話も役立たない世界で、互いの感触でしかわかりあえないわたしたちは、何て幸せなのかしら！

ステキな合図をありがとう。

王子さまのキスで、天国へ行きます。

未央↓朔也

朔也の十四歳の誕生日が近づいていた。

これがおそらく最後の誕生日になることを鷹之は覚悟していた。この一年ばかりの病状の悪化は予断を許さないものだった。ものが二重にぶれて見える複視がひどくなり、視力はもうほとんど失われかけていた。下肢が麻痺して自力で歩くことが困難になり、電動式の車椅子を使うようになった。放射線治療の副作用として髪の毛がほとんど抜け落ち、寝るときも帽子をはずさなくなった。もうすぐ筋萎縮がはじまるだろう。玉のように美しかった朔也の容貌は日を追って急速に衰えていった。

「誕生日のプレゼントは何がいい？」

と鷹之が尋ねると、朔也は少し考えてから、

「海が見たい」

と言った。

そのとき鷹之の顔に浮かんだ悲しげな表情を察して、朔也はわかってるんだというように頷いた。

「無理だよね。言ってみただけ」

「湖までなら、行けるかもしれない。湖じゃ駄目かな？」

「いいんだ。別にどうしても見たいってわけじゃないしさ。もう忘れて」

「じゃあ、かわりのプレゼントは何がいい？」

「そうだな。本当のお父さんに会ってみたいな」

鷹之の顔がさらなる悲しみに歪むのを、朔也はまるでくっきりと見えるかのようにじっと眺めていた。そうやって俺に当たって少しでも気がまぎれるのなら、いくらでも当たってくれてかまわない、と鷹之は思った。

ある時期から放射線療法も化学療法もはかばかしい効果をあげなくなっていることに対して、鷹之は自分を責め続けるしかなかった。自分の判断がどこかで間違っていたのではないか。成功率が一〇パーセントに満たない手術でも、果敢に挑むべきではなかったか。スイスのベイツ博士と定期的にデータをやり取りし、論議を重ねてきた結果、二人の考えるかぎり手術に踏み切れるポイントはおそらくこれまでに二度しかなかった。

一度目は映子と深い関係になったばかりの頃で、あのときは手術の失敗をおそれて半狂乱になった映子が頑として同意しなかった。たった今息子を奪われるよりは、何年かでも寿命を延ばしてやってほしい、と家族に懇願されれば医師としては尊重せざるをえない。鷹之の気持ちとしてもあの頃すでに医師としてというよりは家族として朔也にかかわっていたので、映子とまったく同じ意見だった。

二度目は、映子を事故で亡くしたばかりのときだった。あのときは朔也も自分も精神的にも肉体的にも参っていて、とてもそんな危険な手術に耐えられる状態ではなかった。

ベイツ博士は自分が日本まで出向いて執刀してもいい、とまで申し出てくれたが、成功率は一度目のときよりもさらに下がっており、映子を失った上にこのうえ朔也まで失うかもしれないことを考えると、とても決断できなかった。

「タカユキ、きみの坊やにとってはおそらくこれが最後のチャンスだよ。たとえ切らなくても、あとはもうなしくずしに悪くなっていくだけだ。医師として冷静に判断したまえ」

「しかし、今のわたしは涙のためにメスをもつ手がふるえ、パーフェクトなアシストができません」

「きみが今、ペシミスティックな気持ちになっているのはよくわかるよ。でも、もう少しだけ考えてみてくれ」

「博士……これがもしあなたの坊やなら、ご自分の子供だったら、手術を決断なさいますか?」

ベイツ博士はしばらく考え込んで、

「しないだろうね」

と言った。

鷹之は決断できなかった。オール・オア・ナッシングの手術に賭ける勇気をもつことができなかった。もしかしたら一年後に、あるいは半年後に、いや一ヶ月後に、来週にでも、画期的な新薬が開発されるかもしれない。医療の世界にはそういうところがある。手術を見送って余命一年と言われていた患者が、十ヶ月目にそれで助かった例も見たことがある。鷹之はそれに縋りついたのだ。

患者の主治医でありながら唯一の家族でもあるというダブルバインドの苦しみを、鷹之は珠代と分かちあうようになった。ひとりで背負い続けるには、それはあまりにも重いものだった。鷹之は少しずつ珠代に頼っていった。週末も来てもらうようになり、朔也の介護も手助けしてもらうようになり、彼女の勤務の時間帯と範囲をどんどん逸脱して、やがて珠代は一家にとってなくてはならない存在になった。鷹之が弱音を吐ける相手はもはや珠代しかいなかった。

「何とかしてあの子に海を見せてやる方法はないだろうか」

「無理ですわ、先生」

「あの子は生まれてから一度も海を見たことがないんだよ」

「たとえ長時間のドライブに耐えられたとしても、彼の目はもうほとんど見えなくなっているんですから」

「でも、たとえ見えなくても、感じることはできると思うんだ。潮騒をきいたり、潮の香りを吸い込んだり、海風にあたったりすれば……」

「そのあとで必ず重い発作を起こしますよ。そっちのほうがかわいそう」

「……そうだね。わかってはいるんだが」

そんな無理をさせたら容態が急変して取り返しのつかないことになりかねない。鷹之は押し潰されそうなため息をついた。疲れと焦りの鬱積したその横顔に珠代は手をさしのべて、そっと撫でた。

「先生のほうがもっとかわいそうみたい。そんなにご自分を追い詰めないでください。十四歳の誕生日まで生きられただけでも奇跡じゃないですか。五年生存率一〇パーセントの患者を六年ももたせたんですよ。先生は充分に手を尽くされたと思います」

「朔也が死んでしまう……朔也が死んでしまうんだよ……」

鷹之は珠代の胸に取りすがって泣いた。そんなことをしたのも、そんな言葉を口に出したのも初めてだった。以前ならそれは映子のすることで、彼は受け止める側だった。珠代がいてくれなかったら自分はどうなっていたかわからない、と思いながら鷹之は彼女の胸をまさぐった。珠代はやさしく彼を受け入れた。

「いいんですよ、先生。お気のすむように。それで先生のお気持ちがほぐれるのなら、どうぞあたしの体を使ってください」

それはいつも、耐えがたい恐怖心から逃れるための、ぬかるみから別のぬかるみへと押し流されるようなセックスだった。彼はいつも明かりを消して、暗闇のなかで珠代を抱いた。愛していると言ったことは一度もない。時々、映子の名を呼びそうになった。

何度目かのセックスのあとで、帰り支度を整える珠代に向かって、

「帰らないでくれ」

と鷹之は言った。

「この家で一緒に暮らしてくれないか」

「それはプロポーズなのかしら」

「ああ。きみさえよかったら、結婚しよう」

「でも、朔也くんの許可を得ないと」

「朔也のほうからきみとの結婚を勧めてくれたんだ」

「本当ですか？」

珠代は信じられないというように顔を輝かせた。もっとも、信じられない気持ちだったのは鷹之も同じだった。介護が必要な体になってしまったから珠代のことを受け入れてはいるが、朔也がいつかの件をまったく気にしていないとは思えなかった。どちらかといえばむしろ彼女を苦手に思っていることも承知している。それでも彼女ほど献身的に朔也の面倒を見てくれる女などいないことも鷹之にはわかっていたから、結果的には朔也のためになると思って、ずるずると彼女に甘えてきたのである。それが彼女の自分に対する恋愛感情を利用した行為なのだということも、鷹之にはよくわかっていた。

珠代さんと結婚しなよ、と朔也が言い出したのは、二人が最初に関係をもった次の朝のことだった。どんなに病気が重くなっても朔也の勘の鋭さは相変わらずだと鷹之は思った。

「俺はもう誰とも結婚なんかしないよ」

「でも鷹之さんは、ぼくがいなくなったらひとりぼっちになっちゃうよ」

「それでも、俺はきみや映子以外の人間と家族をつくる気はないよ」

「あなたのことが心配なんだよ。誰かにあなたのそばにいてほしい。ぼくはもういてあげられないからさ」

あなた、と呼ばれたのは初めてのような気がして、鷹之は急にどきどきした。嬉しかったのに、泣きたくなるほど嬉しかったのに、鷹之はわざとぶっきらぼうな声で皮肉を言っていた。

「きみのほうが俺と一緒にいてくれていたわけか。ありがたいことだねえ」

「死者を二人も抱えて生きていくのは、あんまりだろう？　ぼくたちからもう自由になったほうがいい」

「生意気言うな。残されるやつのことなんか考えるな。俺がどうしようと俺の勝手だ。ひとりになってせいせいしたいんだ」

「珠代さんなら長生きしそうだよ。まだ子供だって産めるかもしれないよ」

「俺の老後ならきみに見てもらう。簡単に死ねると思うなよ」

鷹之はもう限界だった。たのむからもう何も言わないでくれ。あと一言でもしゃべったら、とめどなく崩れてしまいそうだった。これ以上やさしいことを言わないでくれ。

だが朔也はとどめを刺すようにあの甘い声で言った。

「鷹之さんは、まだママのこと愛してるんだね？」

その言葉を聞いた途端、鷹之は思いがけず素直な気持ちになって答えた。

「ああ。珠代さんには悪いと思うけれど」

「ママとぼくと、どっちを愛してる？」

いつかもこんな質問をされたと思い出しながら、鷹之はすっかり瘦せ衰えた朔也の手を握りしめた。やがてこの手が冷たくなるのだと思うと、心臓を針の先で突つかれるような痛みが走り、そこから生あたたかい血が噴き出すように涙が噴き出した。朔也に気取られないよう鷹之は歯を食いしばって嗚咽をこらえなければならなかった。

「俺は……俺は……きみがいないと生きていけない……」

こらえきれぬ嗚咽の隙間からそんな言葉がこぼれ出たとき、鷹之はそれが質問に対する答えになっていることに気づいた。朔也は勝利したかのように一瞬、ほんの一瞬、晴れやかに微笑んでみせた。

「誕生日プレゼントだけど、思いついたよ」

鷹之は涙を拭って、何だい、ときいた。

「実はぼく、ガールフレンドができたんだ。メール交換してるだけで、会ったことはないけど。その彼女が誕生日に沖縄から会いに来てくれるんだ。だから少しのあいだだけ、外出許可がほしい」

「うーん」

と鷹之は考え込む声を出した。

「家に来てもらうわけにはいかないの？」

「察してよ、鷹之さん。ぼくだってたまには外で女の子と二人きりになりたい」

朔也がこれまで具体的に誕生日プレゼントを指定したのは初めてだった。最初で最後の外出許可を求める患者にどうしてノーと言えるだろう。あとで多少具合が悪くなったとしても、鷹之は朔也に少しでも楽しい時間を過ごさせてやりたいと思った。

「そうか……わかった。じゃあ、特別に一時間だけ外出を許可しよう。きみを車でどこかまで送って、一時間後に迎えに行く。それでどうだい？」

「それはないよ。初対面だよ。くつろいで話せるようになるまでに一時間かかっちゃうよ。三時間だね」

「じゃあ二時間だ。はるばる沖縄から会いに来てくれる彼女のために特別サーヴィスだぞ。それ以上は主治医としてとても許可できない」

「わかったよ。仕方ないね」

朔也はしぶしぶ納得した。

「こいつ、いつのまにガールフレンドなんか作ってたんだ。いくつの子だい？」

「十五歳だよ」

「やるねえ。この色男め」

鷹之が冷やかすと、朔也はただニヤニヤするだけで、何も言わなかった。比較的体調のいい午後一時からの二時間がデートのための時間に決まった。遠くて悪いけどJRの長野駅まで送ってくれというので、どこかへ行くなら車で目的地まで送る、と鷹之は申し出たが、電車に乗りたいのだと朔也は言った。どこへ行くのかときいても、朔也は教えてくれなかった。それはヒミツだよ、ともう見えなくなった目で楽しそうにウインクするだけだった。鷹之もそれ以上は何もきかなかった。楽しんでこいよ、と一万円札を十枚ばかり包んで、ウインクを返した。

その日、鷹之は車で二時間かけて朔也を長野駅まで送り、切符売り場の前で別れた。そこから先はタッチしないという約束だった。

「じゃあ、三時にここでまた。何かあったら携帯を鳴らすんだよ」

「わかった。もう行って。あとはひとりで大丈夫だから」

「じゃ、行くよ」

「さよなら、鷹之さん」

朔也はひらひらと手を振って、鷹之から離れていった。鷹之はその場から離れることができなかった。どうするのかと見ていると、朔也は売り場の駅員に向かって大きな声で、

「すみません。ぼくに切符を売ってください」

と言った。

白い杖をもち黒眼鏡をかけた車椅子の少年を認めると、駅員は顔色を変えて、

「はい。どちらまでいらっしゃいますか?」

とやさしい声を出した。

「信越本線で直江津まで行って、そこから北陸本線に乗り換えて谷浜というところへ行きたいんですけど」

「谷浜までですね。じゃ、ホームまでご案内しましょう」

「ありがとう」

その瞬間から二人の駅員が朔也に張りつくのを、鷹之は少し離れたところからそっと見ていた。駅員は切符を発行し、お金を受け取り、おつりを渡すと、朔也を乗り場まで連れていってくれた。そして朔也が電車に乗り込んで席につくまで、片時も離れずに世

話をしてくれた。たいしたものだ、と鷹之は思った。あの子は小さいころから人の親切を受けることに慣れていて、微塵も卑屈さを感じさせない。親切を施しているほうがむしろ卑屈に見えるほど、堂々としている。鷹之は同じ列車に乗り込んで、同じ車両の少し離れたところから朔也の様子を見守った。乗客たちもみな朔也のことをそれとなく気にかけ、必要があればいつでも手を差し伸べる用意があるのだという雰囲気を漂わせていた。

「あの……雪は降ってますか？」

列車が走り出してしばらくすると、朔也が隣の席の老婆に訊ねた。さっきから朔也に話しかけたくてたまらなかった様子の老婆は、

「おお、あんた、寒いかね？」

と急に心配顔になって、自分の体に巻きつけていたショールを朔也の膝に掛けてやろうとした。

「いいえ、降ってたらいいな、と思って」

「冷えるからねえ、じき降り出すんじゃないかねえ」

朔也がにっこりすると、老婆もにっこり微笑んだ。ほどなくして車掌が検札にやって来た。

「谷浜まで行かれるんですね。直江津で乗り換えになります。直江津に着いたらご案内

しますので、そのままお席にお座りになっていていてくださいね」

「どうもありがとう」

直江津に着くとすぐに二人の駅員があらわれ、朔也を車椅子に乗せて乗り換えホームまで連れて行ってくれた。老婆は直江津で降りるとき、

「おにいちゃん、雪だ」

と朔也に声をかけた。

「降ってきたよ」

朔也は黙って会釈した。そんな様子のすべてを、鷹之はじっと眺めていた。

一時二十一分に長野駅を発車した列車が直江津に着いたのはすでに三時三分だった。一体どうするつもりなのだろう。鷹之は朔也の携帯に電話をかけてみた。だが、電源が切られている。あるいは朔也はもう戻らないつもりなのではあるまいかと、鷹之が思いはじめたのはそのときからだった。だからといってここで声をかけて彼を連れ戻すわけにもいかない。それはまったくのルール違反だ。そんなことをしたらその瞬間から俺はあの子を失うことになるだろう。落ち着け、と鷹之は自分に言い聞かせた。いざとなったら自分がついている。もうしばらく様子を見守っていよう。

鷹之は朔也のあとをつけて北陸本線に乗り込んだ。発車までに四十分待たなければならなかった。待っているあいだに鷹之の携帯電話が鳴った。珠代からだった。無事に朔

也がデートから戻ってきたか、心配しているのだろう。だが鷹之は珠代と話す気にはなれず、電話には出ずにそのまま携帯の電源を切った。こんなときに珠代の声を聞いたら、うるさい、と怒鳴りつけてしまいそうだった。どんな女も、たとえ急患の連絡でも、もはや鷹之を呼び戻すことはできなかった。鷹之はただ朔也の後ろ姿のみに集中していた。

直江津から谷浜までは一駅だった。朔也は乗客に手助けしてもらって電車を降り、無人の改札をぬけた。その向こうに海が見える。朔也はそこから動かずに、潮騒に耳を傾けるような顔つきでじっと何かを待っていた。

と、そこへひとりの若い女性があらわれて、朔也に向かって近づいていくのが見えた。褐色の肌、ストレートの長い髪、痩せた体。あの子が朔也のガールフレンドなのだろう。大きな意志的な瞳が印象的だ。でもそこには宿命的な昏さのようなものがしみついている、と鷹之は直感的に感じた。

彼女は朔也の肩をトントントン、と叩いて朔也を振り返らせた。朔也が差し伸べた手を彼女は握りしめて、微笑んだように見えた。だが何かが変だった。朔也も何も言わないし、彼女も何も言わないのだ。初対面で照れているからだろうか、と鷹之は思ったが、そうではないことがすぐにわかった。次の瞬間、彼女は通りすがりの人間をつかまえて、手話で何事かを話しかけようとしたのである。

鷹之は戦慄した。彼女は聾唖者だったのだ。目の見えない朔也と、耳の聞こえない女の子が、二人でどこへ行こうというのだろう？

「えっ？　……あっ、ごめん、おれ、手話わかんないんだよね」

困っている男の声を聞いて、朔也が言った。

「おじさん、ぼくたち、海へ行きたいんだ」

「ああ、海ならほら、ここから見えるだろ。まっすぐ歩いていきゃあいいんだよ」

男はほっとして、それでも気の毒そうに二人を振り返りながら、その場を離れた。

彼女は朔也の車椅子を押して、降りしきる雪のなかを海に向かって歩いていった。二人がどうやってコミュニケーションを図るのか、鷹之には見当もつかなかった。片方には闇しかなく、片方には無音の世界がひろがっているのだ。それなのに二人がなぜあんなに安心しきっていられるのか、しかも二人は初対面であるはずなのになぜあんなに自然に寄り添うことができるのか、鷹之には不思議でならなかった。

「ああ……これが海なんだね……感じる……見えるみたいだ……すごい……大きいね……わかるよ……」

朔也は誰にともなく呟いていた。少女は朔也のくちびるを読んで頷き、降る雪を嬉しそうに手のひらに握りしめた。

「ほら、海に降る雪は無音の世界だ。まるでこの世の果てのように静かだ。きみのいる世界と同じだよ」

二人は並んで海に降る雪をじっと見ていた。吸い込まれそうな静寂のなかで、身じろぎもせずに、彫像のように蹲っていた。そんな二人を見ていると、鷹之は心臓が締め付けられるようだった。朔也が遠くへ、もう手の届かないところへ、行こうとしているのがはっきりとわかった。鷹之がすべてをなげうってこの手の中であたためてきた鳥の雛は今、傷ついた羽根をひろげて飛んでいこうとしている。

「朔也……行かないでくれ……」

だが言葉は声にはならなかった。雪に閉ざされるかのように喉の奥で弾けて消えた。

「朔也……」

どれくらいのあいだそうしていたことだろう。やがて少女が身を起こして、朔也のくちびるにキスをした。鷹之はまるで自分がキスされたかのような痛みを味わっていた。

「朔也……愛してる……」

朔也はコートのポケットから薬品を詰め込んだアンプルのようなものを二本取り出し、ひとつを彼女に手渡した。鷹之のデスクから鍵を盗んで、その鍵を使って薬品庫から盗み出した劇薬に違いない。鷹之は胃の奥から苦い液体がせり上がってくるのを必死で押しとどめた。全身から汗が噴き出し、膝ががくがくと震えてきた。今すぐ出て行って、止めなければ。しかし鷹之は指一本動かすことができなかった。息を吸い、息を吐く機能さえ忘れてしまったかのようだった。

「待ってくれ……俺を置いて行かないでくれ……俺も一緒に連れてってくれ……」

二人は一片の迷いもなくきっぱりと同時に薬を飲み、重なり合うように崩れ折れた。それはまるで、若いけものが戯れあって地を転がりあうような、優雅で愛くるしい舞踏のようにさえ見えた。二人とも幸福に顔を歪めて、情死のごとく指を搦めて、海に溶けてゆく雪のように儚(はかな)い風情で死んでいた。鷹之はいつまでもその場を動くことができなかった。熱い涙が頬をつたって彼を正気に戻すまで、愛した少年と時を超えてゆく束の間の短い夢を見ていた。

卒塔婆小町（そとばこまち）

わたしはあなたの手を見て泣いた。春の金色の光の中であなたの手は虚空にむかってひらかれていた。まるで何かを、ひらひらと跳ねまわる気まぐれな何かを無心に摑み取ろうとするかのように。やがてその手はわたしの上に落ちてきた。何者かに撃たれて墜落した鳥禽のように弱々しく痙攣しながら、ゆっくりとわたしの上に降ってきた。あなたの手ほど孤独でかなしく美しいものをわたしはほかに見たことがない。その手は一分の隙もなく完璧にわたしを拒絶する。わたしの思いを、欲望を、夢を、わたしのさびしい命のありかを、わたしのすべてを弾き飛ばして、あなたの白い手がわたしの頰を撫でるように滑り落ちていく。

わたしはあなたの目を見て泣いた。夏の残酷な陽射しに負けてあなたの目はゆるやかに疲弊し、涼を求めるかのようにふっとわたしから目をそらす。わたしを見つめつづけることにあなたの目は耐えられない。なぜならわたしの目から放たれる光は八月の太陽のようにあなたの網膜を灼き尽くすから。火傷したらわたしの涙であなたの目玉を洗ってあげる。愛しすぎて傷つけたならわたしの血であなたの心臓を清めてあげる。あなたの目ほど正直に絶望を剝き出しにするものはほかにない。緑がかった薄茶色の宝石をあなたの眼窩（がんか）から抉（えぐ）り出して海の底に沈め、かわりにブラッドオレンジのようなルビーを埋め込みたいとわたしは思う。そうすればあなたの瞳はわたしの狂熱に耐えられるから。

　わたしはあなたの背中を見て泣いた。あなたの背中はこちら側とあちら側を隔てる壁、いかなるハンマーをもってしても打ち砕くことはできない。そのつめたい背中に手のひらを押し当ててわたしは泣く。指先からわたしの苦しみがあなたの人生にまじりあい、その呪いの力であなたの背骨が醜く曲がればいいというように。あなたが死んだらあなたの背骨でペンダントを作ろう。ぴかぴかに磨いて、プラチナの鎖をつけて、肌身離さず身につけていよう。あなたの骨は風の強い夜にキュッキュッと啜り泣くような音がするだろう。それはわたしの指先から沁み出した吐息の記憶だ。かつてあなたを想いすぎて溢れ出た行き場のない熱情のしるしだ。あなたは骨になってもわたしの愛から逃れることはできないのだ。

　あなたはわたしの涙にまみれて泣いた。わたしはあなたの香りを吸い込んで泣いた。あなたはわたしの闇に泣き、わたしはあなたの光に泣いた。わたしたちは月明かりの小舟で運ばれる死体のように、ただ静かに、そして永遠に交わることなく行き過ぎる二つの影。波間にきらめいているのは真珠ではなく、痩せた小魚の銀の鱗だ。この世は昏い海のようだから、無数の鱗がきれいな宝石に見えるのだ。愛という言葉が、無数の棘となってあなたに突き刺さるのとそれはどこか似ている。

1

高丘がその奇妙なホームレスの女に初めて会ったのは、晩秋にしては異様なほど生暖かい夜のことだった。中空には崩れたわらび餅のような月が浮かび、ちょうどちりばめられたきな粉の按配で雲がかかって、たちこめる闇は敷きつめられた黒蜜のようだった。こんな夜にはろくなことが起こらない、と高丘は恨めしげに空を見上げた。原稿はボツにされ、あてにしていた原稿料は入らず、騙し騙し使っていたパソコンはいよいよガタがきて、恋人は三日前に部屋を出て行ったきり戻って来ない。すべてはあの不吉で不穏な月のせいなのだと思えてくる。

高丘は今しがた突き返されたばかりの原稿を持ってまっすぐ帰宅する気になれず、かといってひとりで呑み屋の暖簾をくぐる気にもなれず、出版社の玄関を出たその足でそのままふらふらと隣の敷地にある墓地のなかへ入っていった。もっとも彼はそこが墓地だとは知らず、緑深い公園だと思っていた。だが憤怒で胸をむかむかさせている彼にとってはどちらでもいいことだった。彼は手近なベンチに腰を下ろし、自動販売機で買った缶ビールを立て続けに三本飲み干した。四本めのプルリングをこじ開けると、鞄から原稿の束を取り出して、一枚ずつくしゃくしゃに丸めながらゴミ箱へ放り込んでいった。

「ちくしょうめ。ふし穴どもめ。バカどもめ」

自信作だった。高丘はこの作品のよさがわからないばかりか、自分に新人賞を与えたきり受賞第一作をなかなか出そうとしない出版社の連中に対して、ぶつぶつと呪詛の言葉を並べ立てた。書いても書いても原稿はボツになった。取るべき賞を間違えたかもしれないと思うようになったときには、すでに三年の歳月が流れていた。このままだとあいつらに潰される。いや、そもそも自分には才能なんてなかったのかもしれない。

これで駄目ならもう諦めよう。そう腹をくくって、すべてのアルバイトを休止して、生活費を借金までして一心不乱に打ち込んだ小説だった。集中の密度も、作品にかける情熱も、そして作品の完成度も、これまでとは全然違っていた。書いているあいだ、一緒に暮らしている恋人が、トシちゃん顔が変わったね、こわい顔してるよ、と言って近寄らなくなったくらいなのだ。それなのにあいつらはまったく同じ調子であっさりとボツにしやがった。何を書いても満足しないんだ。高丘は空き缶を握り潰しては新しい缶を開け、次々に新しいページを葬っていった。

「ちょっとあんた、早く、次」

ゴミ箱の隣からしゃがれた声が聞こえてきたのは、何本めの缶を空にしたときだったろうか。高丘は酔いと疲れのために一瞬眠りかけていた。中空のわらび餅はさらにきな粉の分量が増えて、いよいよ朧にふやけきっているように見える。まさかそんなところに人影が蹲っているとは思いもよらなかったから、高丘は心臓が飛び出んばかりに驚いた。と同時に緑の木陰だと思っていたものが林立する墓石と卒塔婆の影であり、風に揺れるブランコだと思っていたものが何十羽という鴉の群れが羽根を休める枯れ木の枝だということがわかって、高丘は腰をぬかしそうになった。

だが一番おそろしかったのは、ゴミ箱の背後から世にもおぞましい姿の老婆がぬらりと顔を出したときである。妖怪が出たのだと思い、いやここは墓地なのだからとりあえず幽霊に違いないと、高丘はもつれる足で逃走の態勢に入ったが、足元に散乱した空き缶にけつまずいて不様に転倒してしまった。

「待ちな。行くんなら続きを全部置いていきな」

「はあ?」

老婆はよれよれになった紙の束を握りしめて恫喝した。それが自分の捨てた原稿だとわかるまでに数秒かかり、捨てるはしからこの老婆に逐一読まれていたのだとわかるまでにさらに数秒を要した。目の前にいるものが幽霊ではなくとりあえず人間であるらしいことに、高丘は最後になってからようやく気づいた。

「まさか、あんた……さっきからずっとこれ読んでたのかい？」

「ああ。どうせ捨てたもんなんだから、別にいいだろ？」

「こんな暗がりでよく読めるな。老眼鏡もなしに」

「昔から目だけはいいんでね」

　年齢を推量しようとしたが、高丘には見当もつかなかった。黴（かび）の生えた大福餅なら、何日前のものかおよそのことはわかるかもしれない。しかし化石になったマンモスの骨を見て、それが二万年前のものか三万年前のものかなんてわかるわけがないのだ。

「ふん、あんたに小説なんかわかるのか」

　高丘が思わず毒づいたのも無理はない。小説がわかるとかわからないとかいうより以前にそもそも字が読めるのか、と突っ込みたくなるほどの、それはすさまじい老婆であった。襤褸屑（ぼろくず）をさらに半世紀ぶん煮しめたような黒ずくめの衣服を身に纏（まと）い、銀色の蓬髪（ほうはつ）は長年にわたるフケと垢と埃のために鋼（はがね）のごとく固まってあちこちに波打ち、彼女の全身からはホームレスに特有の饐（す）えたような悪臭が漂っていた。その表情は深く刻み込まれた無数の皺に覆い隠されて窺い知ることさえできない。その佇まいは、まるで爛（ただ）れた月の雫（しずく）がたった今墓場から甦らせたばかりのゾンビのような風情である。彼女の背中にひろがる闇に半分溶けて、ほとんど闇と同化しているかに見える。

「見た目で人を判断するもんじゃないよ」

だがその声には力強い張りがあった。彼女が何か一言発するたびに、苔むした緑色の眼球がぎらりと光る。それは痺れるようだった。

「それはそうだね。悪かった」

「意外と素直だな。文章ももっと素直に書けばいいんだ」

「僕の文章はひねくれすぎているかな?」

「しまいまで読んだら批評してやるよ。さあ、続きをよこしな」

「おもしろいのか?」

「わたしゃ活字に飢えてんだよ。それにいったん読みかけたものは最後まで全部読まないと気がすまないたちなんだ。ほら、貸しな」

「なんだ、そういうことか」

高丘は一瞬落胆したが、求められるままにおずおずと原稿の残りを差し出した。たとえ前世紀の遺物のような妖怪じみた老婆でも、ひとりの読者には違いない。このまま誰にも読まれずに燃えるゴミになるよりは、誰かの暇つぶしの役に立つのならこの原稿も報われるというものだ。

老婆は作者の姿など目にも入らぬかのように原稿を貪り読んでいる。高丘はその場にいたたまれずに、墓地の入り口にあるコンビニへ出向いてトイレを借り、ついでに二人ぶんの弁当と数本の缶ビールを買い求めた。自分のボツ原稿を読んでくれたホームレスへのささやかなお礼のつもりだった。読み終えた頃を見計らって墓地に戻ると、彼女が原稿の余白に何やら落書きをしている最中だった。

「どうだった？」

高丘が弁当とビールを差し出すと、老婆は礼も言わずに受け取って当然の権利であるかのように食べはじめた。年齢にしては旺盛な食欲と言わねばなるまい。あるいは数日ぶりにありついたまともな食事だったのかもしれない。高丘は思わず自分のぶんの弁当も差し出していた。だが彼女は忌々しげにそれを断り、ビールをもう一本要求した。

「ここの弁当はまずいんだ。墓地の反対側にもう一軒コンビニがあるだろ？　弁当はあっちのほうがまだましだ。だがコロッケパンだけはこっちのほうがうまい。賞味期限を過ぎてもキャベツがしなびずにしっかりしてる」

「ふうん、覚えておくよ。それで、僕の小説はどうだったかな？」

「いくつか問題はある」

老婆はうまそうに目を細めてビールを飲みながら言った。

「だが致命的な問題じゃない。直せばよくなる。少なくとも、墓地のゴミ箱に捨てられるほどひどいもんじゃない」

「それはどうもありがとう。でもこの原稿はついさっき、編集長から死刑宣告を下されたばかりなんだ。いくら直しても無駄だ、うちの雑誌に載せる水準には達しない、ってね」

「それは持っていく相手を間違えたんだ。この小説を必要としている読者は必ずいる」

高丘は思わず泣きそうになった。気がふれているかもしれない老婆のたわごとであったとしても、その言葉に縋りつきたがっている自分を認めて彼は弱々しく微笑んだ。

「ありがとう。あんたは親切なひとだね。でも僕自身にも死刑宣告が下されたんだ。きみの小説には生活の実感とでもいうべきものが欠けているようだ、きちんと会社に就職して社会勉強をしながらもう一度初心に戻って文学の勉強をしたほうがいいんじゃないかってね。ようするに切り捨てられたんだ。いくら書いても無駄だってことさ」

「気にすることたあない。そいつの目はふし穴だ。この原稿に推敲の余地も与えないなんざ、おのれの無能ぶりをひけらかしてるようなもんだ。的確な指示ができないだけの話だろ。なんてもったいないことしやがるんだろうね」

およそ高丘へのお世辞とは思えない口調で、老婆は吐き捨てるように言った。高丘はあらためてまじまじと老婆を見つめずにはいられなかった。一体この女は何者なのだ。ただの気のふれたホームレスでないことだけは確かのようだ。

「本当に？　本当にそう思う？」

「嘘ついてどうする」

「じゃあ、あんたの言う問題点を教えてくれ。どうすればこの小説がよくなるか、意見を聞かせてくれ」

「ほれ、こまかいところは赤を入れといてやった。参考にしな」

老婆から原稿を受け取った彼はひと目見て驚いた。ごちゃごちゃと書き込まれていたのは落書きではなく赤入れだったのだ。

「すごい……おばあさん、昔編集の仕事でもしてたの？」

「まあな。おっと、タダで専門家のアドバイスを受ける気じゃないだろうね」

「あ……もちろん、お礼はさせてもらうよ」

「ワイン一本で勘弁してやる」

「わかった。すぐ買ってくるよ。どんなのがいいの？」

「ブルゴーニュの赤。フルボディ。オープナーも忘れるな」

「了解」

それがはじまりだった。その夜を境に、高丘は時々その墓地を訪れては老婆と小説の話をするようになった。彼女は墓地の一画をねぐらにしているようだった。

あのあと家に帰ってから彼女の入れた赤を丁寧に読んでいくうちに、高丘はさらに驚かされることになった。編集者の仕事とはかくあるべきであるという完璧な指示が的確な言葉でそこには隙間なく書き込まれていたのである。これまでつきあってきた編集者たちの——と言っても新人の高丘はまだ一社しか知らないのだが、彼を見出していじくりまわした末にあっさりと見切った編集者とその上司である編集長の——重箱の隅をつつくような無意味で無能な赤入れとははっきりとレベルが違っていた。彼女の入れた赤に従って原稿を直すと、小説は見違えるほどよくなった。それは魔法のようだった。

直した原稿も彼女は読んでくれた。アドバイスの報酬はワイン一本とつまみの刺身というのが、いつもの決まりだった。コンビニ弁当ならいつでも賞味期限切れのものを自力で調達できるから、と彼女は言った。四回めか五回めのとき、彼女はようやく自分の名前を教えてくれた。

「百合子さんはいつからホームレスになったの？」

「覚えちゃいないね。自分の年を数えるのをやめてからだろうね」

「家族はいないの？」

「いたら畳の上で寝ているさ」

「一度も結婚しなかったの？」

「あんまり大勢の男に結婚を申し込まれると、面倒になっちまうんだ。段ボール箱にぎっしり詰まったじゃがいもの中から、一個だけ選ぶことなんてわたしにはできなかったんだよ」

「すごいね。そんなにもてたのかい？」

「こう見えても若い頃は小町だの傾城だのと騒がれたもんさ」

いいワインを奮発すると、百合子は機嫌がよくなって少しだけ自分のことを話してくれる。安物だとろくに口もきいてくれない。若い頃に会社の金でさんざん作家を接待して高価なワインを飲み慣れていたらしく、舌においても、また小説を読む目においても、百合子にはごまかしがきかなかった。小説の講評をするときの彼女は威厳にあふれ、ワインを味わうときの彼女は気品に満ちてさえいた。

彼女の言うように、若い頃は小町と呼ばれるほど美しかったのかもしれない。それはまんざら見当違いの誇大妄想でもなさそうだ、と思わせる瞬間がふとした隙間に滲み出るときがある。分厚い雲間からひとすじの光がサーッと射し込む瞬間のように、物事の本質が一瞬だけ透けて見えることがある。たとえばワインが彼女のごつごつした喉元を滑り落ちていった刹那に彼女の耳たぶがほのかな桃色に染まるとき。小さなくちびるから難解な批評言語がシャンソンのように飛び出すとき。彼の原稿のページをめくるときに添えられた指先の端正なしなやかさ。そのたび彼ははっとして彼女を眺めた。高丘はだんだんこの薄汚いホームレスの老婆に敬意を払うようになっていった。

「それにしても、じゃがいもはひどいな。百合子さんにとって特別なじゃがいもは一人もあらわれなかったの？」

「わたしはじゃがいもより、さつまいもが好きでね」

高丘はその言葉の真意をはかりかねた。

「そうか。男より仕事のほうがおもしろかったんだね」

百合子は曖昧な笑い方をして、まあな、と言った。

「仕事は本当に楽しかったなあ。どんなに忙しくても、苦にもならなかった。あの仕事は男も女も関係ないしな。校了前には編集部の床に倒れて寝たりしたもんだが、作家がいい原稿書いてくれると疲れなんかいっぺんに吹き飛んじまう。ケンカもずいぶんしたけどな、本ができたらすべてチャラよ。自分の作った本が売れたときのうれしさといったら、ありゃあちょっと他のものには代えられなかったね」

「天職だったんだね」

「ただ小説が好きだったんだ。自分には書けないが、書く才能のあるやつがこの世の中にはいて、読みたがっている読者がいて、それを結びつけるのが好きだった」

「百合子さんはどこの出版社で働いてたの？」

ずっと気になってはいたのだが、何となく訊いてはいけないような気がして訊くのをためらっていたことを高丘は思い切って口に出してみた。いつになく上機嫌で饒舌になっていた百合子は、片目をつぶって、

「誰にも言うなよ」

　と口止めしてから、顎をしゃくって頭上に聳(そび)える出版社のビルを示してみせた。それは高丘がここ三年ばかり世話になっている、あるいは怨念を募らせている、愛憎渦巻く唯一の取引先だった。

「えーっ、嘘でしょ？　マジっすか？」

「嘘ついてどうする」

「だって百合子さん、あんな大きな会社で働いてたんなら、退職金がっぽり貰って今頃悠々自適なんじゃないの？　なんでホームレスなんてやってるの？」

「ふん、今でこそ一流出版社とか言われてるらしいがな、わたしが入った頃はまだ海のものとも山のものともわからない新興のちゃちな会社だったんだよ。社員なんてたったの三人しかいなかった。わたしらがあの会社をあそこまで大きくしてやったんだ」

「それなのに退職金は出なかったの？」

　百合子は不機嫌そうに口を閉ざした。まずいことを訊いてしまっただろうか、と高丘は不安になり、百合子のコップにワインを注ぎ足してやりながら別の話題を探そうとした。

「定年まで勤めなかったんだ」

　と、百合子がぽつりと言った。

「いろいろあってな」

「そうか……まあ、いろいろあるよね」

なぜだろう、いつもなら老人の自慢話なんか聞きたくもないのに、この女の若いころの話を無性に聞いてみたいと高丘は思った。それは小説家の勘のようなものだったのかもしれない。ヘドロの中にまぎれこんでいる砂金の輝きを見逃さない動物的な嗅覚も、枯れ木の姿からかつてその木が咲かせていた美しい花を幻視する想像力も、彼は立派に持ち合わせていた。だからこそ、彼はのちに一人前の小説家になった。

「百合子さんが育てた作家の話を聞かせてよ」

「と言われても、何しろたくさんいるからな。ワイン一本じゃ語りきれんよ」

「ひとりだけ選ぶとしたら？　百合子さんの編集者人生のなかで、ひとりだけ忘れられない作家はいないの？」

「なぜそんな話を聞きたがる」

「僕は伝説をひとつ知っているんだ。この業界では有名な伝説だよ。新人賞を取ったばかりの頃、酒の席で編集長から聞いた。もしかしたら、僕の目の前にいる人物がその伝説の主役じゃないかって気がしてきたんだ」

百合子はひくく笑って、空の瓶を振ってみせた。

「なら、三越へ行ってとびきりのブルゴーニュを買ってきな。一万円以下のやつは駄目だぞ。チーズ売り場でロックフォールと、フォションでバゲットもだ。長い話になるからな」

「何なりと、お望みのものを」

高丘はリクエストの品を誂えるために駆け出していった。自分でも意外なほどわくわくしていた。これから伝説の美女に会いにゆくかのような高揚感が、彼の全身に漲っていた。

2

うん、こいつはいいね。悪くない。しっかりと野性味を主張しながら、実にエレガントな後味を持ち合わせている。口に含むとまず弾むような若さに圧倒されるが、ゆっくりところがして口腔ぜんたいでこの若さをいとおしんでいくうちに、これがやがて成熟したときの豊饒の渋みを予感させる重たい喉越しとなって滑り落ちていく。胃の腑におさまったそのあとで、野生の鹿が優雅に目の前を行き過ぎていくような静かで深い後味がやってくる。これはいい。気に入ったよ。

さて、あんたの聞きたいのは深町のことだったね。こんなにいいワインを飲ませてもらったんじゃあ、話してやらないわけにはいくまいね。言っとくが、彼の話は誰にでもするわけじゃない。もったいなくってねえ。誰にだってひとつやふたつ、胸の底に大事にしまっておきたい秘密があるだろう。こんなババアにだってあるんだよ。でもこのワインをひとくち飲んだら、野生の鹿が甦ってきちまった。鮮やかにあいつの面影が立ちのぼってきちまった。時々こうやってアピールしてくるのさ。いい酒とか、夕焼けとか、雪の最初のひとひらとか、そんなものの力を借りてな。寂しいんだろうね、ひとりで。わたしだって結構寂しい老後を送ってるんだがね。わかっちゃいないんだろう、きっと。

今でも深町遼の小説は読まれているのかね。永遠の青春小説？　まだそんな古臭いコピーを使っているのかい。そいつはわたしが書いたコピーだよ。やれやれ、何てこったい。五十年も同じコピーで商売してるのかい。深町が今生きていたらいくつになるんだろうね。そんなこと誰も考えたくもないだろう。若くして死んだからこそ永遠の青春小説と言われ続けてるんだろう。それが深町本人の望みだったかどうかは別にしても。

深町遼に初めて会ったのは、わたしが三十二歳のときのことだった。会社に入ってちょうど十年。その年のことはよく覚えている。ワインには最良の年というのがあるが、わたしの人生においてまさに最良の葡萄が取れたのがその年だったような気がする。

会社としても、文芸ものの新興出版社としてようやく仕事が軌道に乗りはじめた年でもあった。社名も認知され、雑誌も創刊し、出版点数も少しずつ増えて、さあこれからというときだった。わたしは自信にあふれていた。これまでの十年間にいろんな作家を担当し、いろんな本を作ってきた実績の上に成り立つ自信だ。自分にできること、やりたいことがはっきりと見えてくる。わたしはすでに一家を成している売れっ子作家と組むことよりも、新しい才能に目をつけて売り出し、作家として育てていくことに、とりわけやりがいと適性を感じていた。

いやなことだって数え上げればきりがなかったよ。どちらかといえば、いやなことのほうが多かったかもしれない。あの頃まだ女の編集者は少なかったしね。有名な先生の原稿を取ると、柳原百合子は色仕掛けで口説いたんだろう、なんて必ず言われたもんよ。そういう嫉妬はつきものだった。面と向かって、体で原稿取るんじゃねえよ、なんて他社の男に言われることもしょっちゅうだったね。

「さぞ悔しかろう。きみが吉屋信子なみの容貌だったら、こんな中傷されることもなかっただろうに。きみのせいじゃない。きみが美しすぎるから仕方ないんだ。ご両親を恨みたまえ」

って、うちの編集長にも同情されるくらいだった。まるでうちの社はわたしひとりがいろんな先生と寝てまわって、原稿取りまくってるような言われ方をされていたから、悔しいのは編集長も社長も同じだったと思うがね。

実際わたしが頼みに行くと、忙しい先生方が何とかスケジュールをやりくりして書いてくださるんだ。柳原くんに頼まれたら仕方ないか、ってね。でもね、体で原稿取れるほど甘くないんだよ。最初の原稿をいただくためにわたしが何年その先生のお宅にかよったか、何通の手紙を出し続けたか、そんなことも知らないで、いい気なもんだよ。わたしは十年間そうやって地道に作家の信用をかちえてきたんだ。熱意なら誰にも負けなかったと思う。作品への愛は必ず伝わるものなんだ。

ただ、時々、作品への愛を作家本人への愛と勘違いなさる先生もいらしてね。作家からの求愛もあとを絶たなかったね。でもわたしは簡単に押し倒されるような安っぽい女じゃなかったから、厄介な状況になりそうになると編集長に担当を代わってもらった。そのへんは上からうまく守られていて、有り難かった。

「おいおい、またかい。いつまでも独身だからスケベな作家につけこまれるんだよ。結婚すれば虫もつかないだろう。虫除けだと思って、俺と結婚してしまわないか？」

そんな言葉で編集長にプロポーズされたこともあった。飛ぶ鳥落とす勢いの売れっ子作家にしつこくつきまとわれて、家の前で待ち伏せされるようになって、いつものように困って泣きついたときに。わたしは笑ったけど、彼は笑わなかった。

「そいつはまずいよ。きみが柳原くんと結婚なんかしてみろ、逆恨みされて誰もうちに原稿書いてくれなくなるよ」

社長のこの言葉でこの案は反古（ほご）になったけど、それからは編集長にも気軽に担当代えを頼めなくなってしまって。女がひとりで生きていくには、どんな時代でも、どんな仕事でも、それはそれは大変なことなんだよ。

だから三十歳になったときは、これで男に言い寄られることも減るだろうと思って、ちょっと嬉しかった。今と違ってあの頃の三十歳といえば婚期を逃した行き遅れだからね。これからは余計なことに煩わされることなく仕事に集中できるだろうって思った。若い女性社員も増えていたし、社内での責任も大きくなっていた。わたしが新人作家の発掘に力を入れはじめたのはその頃からだ。作家との力関係で恋愛感情を持ち込まれることに、いささかうんざりしていたのかもしれない。悪意ある誹謗中傷にも、人はそう何年も耐えられるものじゃないから。相手が何の権力も持たない新人作家なら、脅されたり周囲に嫉妬されたりして無意味に心をすり減らすこともないだろうという気持ちもどこかにあったのかもしれないね。

でもね、深町遼の第一発見者はわたしではないの。わたしが彼の存在を知ったとき、その名前はすでに文壇の一部で熱っぽく囁かれていた。文壇の一部というのは、まあ言ってみれば目利きで通っている数人の編集者仲間のあいだでということだけど、わたしが会いに行ったときにはもう遅かったの。彼の処女作を掲載した出版社からのすさまじい囲い込みがはじまっていた。

「せっかく来ていただいたのに大変申し訳ないのですが、僕の向こう五年間のスケジュールはすべて埋まってしまいました」

非のうちどころのない笑顔で、礼儀正しく彼が言った。そのとき彼はまだ二十歳の学生だった。囲い込みのせいで彼の連絡先は教えてもらえなかったから、大学の正門前で張り続けて、五日目にやっとつかまえたの。写真よりはるかにハンサムだった。名刺を差し出すと、学生の顔からいきなり作家の顔になるのがはっきりとわかったわ。それは実にたいしたものだった。まるで新進気鋭という言葉を夕暮れの淡い光に溶かして体ぜんたいにさりげなく纏っているみたいだった。わたしは惚れ惚れし、と同時に自分がいかにライバルたちから出遅れてしまったかを思い知らされた。

「でもわたし、五日間もずっとここであなたを待っていたんですよ。話だけでも聞いてもらえませんか」

「僕は他社の編集者との接触を禁じられているんです。とくに柳原さんには気をつけろと担当者から言われています」

「あなたの担当は確か津久井さんでしたね。作家のくせに編集者の言いなりになっているなんて、ずいぶん情けないんですね」

「あなたが柳原さんですか。なるほど、言われたことの意味がよくわかりました」

「どうせわたしの色仕掛けには気をつけろとでも言われたんでしょう。津久井さんの言いそうなことだわ」

　そうした会話のあいだも彼は終始やわらかく微笑んでいた。わざと挑発的な物言いをするわたしを宥（なだ）めるようなやさしい目をしていた。彼のほうがずっと大人に見えた。

「柳原さんは、僕の作品を読んでくださったんですか？」

「もちろんです。だからこそわたしはここに立っているんです」

「あのヒロインはご自分に似ていると思われませんでしたか？」

「聖と俗をあわせもった、懐の深い、とても魅力的な女性ですよね。わたしに似ているだなんて、とんでもない」

「津久井さんは、あのヒロインが柳原さんにそっくりだと言うんです。僕の書く登場人物には特定のモデルはいないのですが、どうしてもあの小説を読むとあなたの顔が浮かんできてしまうのだそうです。そんなひとがいるなら会ってみたいと言ったら、絶対に会ってはいけないと。必ず僕のほうから死ぬほど恋い焦がれることになるからと」

　わたしは少し笑ったと思う。それ以外にどんな反応のしようがあっただろうか。彼も笑った。でもわたしたちの笑いの質は微妙に異なっていた。彼の笑いのほうが——何となく——悲しげだった。

「そんなこと言われたら、かえって会いたくなっちゃうんじゃないかしら。心理学的に。ねえ？」

「でも、彼の言う通りでした。僕はあなたに会うべきではなかった」

彼は喜んでいるのか悲しんでいるのか、そのどちらともつかない表情を浮かべてわたしを見つめた。あまりにも率直すぎて、計算によるものか素の顔なのかわたしにはよくわからなかった。ただ編集者としての経験則から、金の卵をつかみかけていることだけはわかっていた。それも数年に一度当たるかどうかという磨きがいのある原石だ。わたしはどうしても自分の手で磨いてみたかった。彼の処女作を読んでそう思い、彼の目を見てさらにその思いは強まった。作品を色濃く縁取っている繊細な翳(かげ)りがそのまま彼の瞳の中にたちあらわれていたのだ。生き物のように。そう、野生の牡鹿の気配のように。

「新宿においしいロシア料理の店があるんです。こんなところで立ち話もなんですから、これからタクシーで参りませんか。ロシア料理、お好きでしたよね?」

「どうしてそんなことまで知っているんですか?」

「作品を読んで、そうではないかと」

「でもそれをご馳走になったら、原稿を書かなくちゃいけないんでしょう?」

「今すぐでなくてもかまいません。五年後でもいいんですよ。でもいつか必ずわたしは深町さんと一緒にお仕事をしたいと思っています。それだけ覚えていてくだされば結構ですから」

本当は五年も待つつもりはなかった。五年も待っていたら、この作家のスタイルはわたしの入り込む余地のないほどに確立されてしまう。わたし以外の編集者の癖が無意識のうちに刷り込まれてしまう。鉄は熱いうちに打たねばならない。魚は新鮮なうちに捌かねばならない。花は開き切る前に活けねばならない。この作家が完成する前にわたしの鋳型を記憶させたい。そんなふうに強く思ったのは、深町遼が初めてだったかもしれない。

「わかりました。そういうことなら」

彼は観念したような表情で頷いた。わたしは攻め落とすべき城を目の前にして武者ぶるいする武将のような気持ちで若者を眺めた。

「タクシー拾ってきますね」

彼はウォッカを、わたしはズブロッカを、さっきからずっと飲み続けている。深町遼は若者にありがちな無茶な飲み方はしない。そしてどれだけ飲んでもびくともしない。わたしを見つめる目の光が少しずつ強くなっていくだけだ。彼はどこまでも礼儀正しい。わたしが彼の小説を賛美する言葉に穏やかに耳を傾けている。彼は品のよい謙遜の仕方を知っている。知識をひけらかすような嫌味さはまったくない。こんなに感じのいい作家は見たことがない。津久井の躾がいいのだろうか。それともはなから人間の器が違うのだろうか。

「今夜のことがばれたら、きっと津久井さんに叱られる。困ったなあ」

話が途切れると、ふと思い出したように彼が言う。

「津久井さんがそんなにこわいですか？」

「ええ、こわいですよ。あんなにこわいひとはいませんね」

「黙っていればいいんですよ。今夜のことは二人だけの秘密にしておきましょう」

「僕とっても正直なんです。後ろめたいことをすると顔に出ちゃうんです。小心者なんですね」

「津久井さんは確かに優秀な編集者だけれど、あなたのような才能を独り占めすることは間違っていると思います。五年間もよそで書かせないなんて、無茶苦茶な話です」

「津久井さんの悪口は言わないでください。僕の恩人ですからね。それに僕が不器用でたくさん書けないからいけないんです。注文を受けすぎて僕が潰れないように、彼が盾になってくれてるんだと思います」

津久井という男は昔からわたしにとって天敵のような存在だった。作家の原稿を奪い合ったことも一度ならずある。酒場で心ない中傷をされたこともある。この男が惚れ込んだ作家にとことん尽くしていくときの集中のすごさは業界でも有名な話だった。

自腹を切って生活費を立て替えたり、女との揉め事を処理してやったり、書けない地獄にどこまでもつきあって何ヶ月も一緒に旅したり、賭け事がらみのヤクザとのケンカで作家のかわりに小指を差し出したこともあったという。指を詰めたら先生は小説書けませんから、この指で勘弁してください、と言って土下座した彼の姿を、当の作家が著書のあとがきで謝辞とともに紹介している。全身小説家ならぬ全身編集者、とそこには書かれていた。うつくしい話だと思ったが、こういう男は毒気も人一倍強いのである。

　作家に作品を書かせるためには脅迫まがいのことも平気でするし、逃げれば地の果てまで追い詰めて文字通り原稿を毟(むし)り取っていく。血痰を吐きながら執筆している作家をどやしつけて締切りを急かす鬼のような姿が、やはり別のエッセイで怨念とともに紹介されている。会社でも孤立しているらしく、一匹狼のこわいものなしという風情で文壇という荒野を飄々(ひょうひょう)と歩き回っている。

　見込まれた作家にとってはたまらない男だろう。こんなふうに手厚く遇され、綿にくるまれるように大事に大事に扱われることに慣れてしまったら、彼以外の編集者では物足りなくなるのは当然のことである。飲み食いの金は惜しまない、宣伝にも力を入れる、作家が会いたいと言えばどんなに忙しくても時間を作って駆けつける。そうして朝までつきあってから社に戻り、眠らずに仕事をするのだという。そこまでしてくれる編集者はなかなかいない。かくして作家と編集者との麗しい相思相愛の関係が成立するのだ。

「すっかり津久井マジックにやられてしまいましたね」

　わたしは皮肉をこめて言った。

「あなたの作品を愛しているのは、津久井さんだけではありませんよ。もちろん、ただ売れそうだからという理由で近づいてくる編集者もたくさんいるとは思いますが、それくらいはあなたにも見分けられるでしょう。できるだけいろいろなタイプの編集者と仕事をすることが、あなたの世界を広げるのではないかとわたしは思いますけれど」

そうかもしれませんね、と彼は素直に答え、そのあとで、

「柳原さんは、津久井さんが嫌いなんですね」

と言った。

「まあ商売敵ですからね」

「でも津久井さんは、柳原さんのことが好きですよ」

「まさか。いかなる意味においてもそれはありえないわ」

突拍子もないことを言うものだと思った。からかわれているのかもしれないと思ったが、深町の顔は真面目そのものだった。

「彼は僕があなたに会えば、あなたに恋してしまうだろうと予言した。それもただの恋じゃない。死ぬほど恋い焦がれる、と言ったんです。彼はなぜそんなことを言ったんでしょうね？」

「津久井さんの考えることがわたしなんかにわかるはずもないでしょう。でも同業者として邪推するなら、彼はあなたを暗示にかけてわたしに恋をするように仕向け、その恋愛感情を利用してあなたに恋愛小説を書かせたかったんじゃないかしら」

「それなら相手は別にあなたでなくてもよかったはずです」

「いずれわたしがあなたの前にあらわれることは彼にはわかっていた。あの小説を読めば、作家がヒロインに過剰な感情移入をしているのは明らかです。つまりこれは一種の暗示なんですよ。津久井さんらしいというか、あなたに対しても、わたしに対しても、何とも失礼な話ですよね」

深町は弱々しく首を振って、異を唱えた。

「彼は僕が苦しむのを見たくない、と言ったんです。なぜならそれはかなわぬ恋だからです。柳原百合子という女性は、いかなる男の求愛にも応えたことのない氷のような女だと。そう言ったときの津久井さんの目にはほとんど憎しみがこもっていた。それはつまり、彼もまたあなたにかなわぬ恋をしているからだとは考えられませんか？」

わたしは彼のたわごとを言下に否定しようとしたが、ふと立ち止まって記憶の中の段ボール箱をのぞいてみた。ぎっしりと詰まっているじゃがいもの中に津久井の姿はあっただろうか。だがわたしにはうまく思い出せなかった。じゃがいもの数はあまりに多く、陳腐な求愛の言葉とともに箱の中に葬ってきたために、古いものも新しいものもごちゃごちゃと一緒くたになって、どれがどれなのかもうわからなくなっていた。一度でも言い寄られたことがあれば何となく覚えているはずだが、津久井に関してその記憶はまったくない。彼はわたしの中では一貫して「いやなやつ」であり、強力なライバル編集者としての位置付けしかなされていなかった。

「それは考えすぎでしょう。わたしは津久井さんに好かれた覚えはありません。むしろ激しく嫌われていると思っています」

「あのひとは屈折しているから、気持ちをうまく伝えられないだけなんじゃないかな」

「それにだいいち、彼は結婚しているはずですよ」

「そんなこと関係ない。僕だって結婚を約束した恋人がいます」

「あら、それなら何の問題もないじゃありませんか。これで心おきなく一緒にお仕事ができますね」

津久井の話より、わたしは早く深町遼と仕事の話をしたかった。どうにかして彼のスケジュールに割り込んで、執筆の約束を取りつけなくてはならなかった。彼を大学の正門前でつかまえたのが午後四時、それから新宿に移動して五時くらいから飲みはじめ、そろそろ十一時になろうとしている。わたしたちはもう七時間も話し続けているのに、約束手形のかけらすら貰えていない。

だが深町は苦しげにため息をついて目を瞑り、それきり黙りこくってしまった。飲みすぎたのかと思い、

「どうしたんですか？　気分でも悪いんですか？　お水を貰いましょうか？」

と声をかけると、深町は憐れむかのようにじっとわたしを見て、

「あなたは本当に誰も好きになったことはないんですか？」

と言った。ぞっとするような視線だった。まるでわたしの心の襞（ひだ）に素手で絡みついてくるような不躾で鋭い視線だった。それは一匹の悪魔を体の中に棲まわせている作家特有のおそろしい目だった。わたしは仕事柄こういう目には慣れていたが、これほどまでにはっきりと憐れみをこめて見つめられたことはない。しかもわずか二十歳の若造に。

「わたしの話より、仕事の話をしましょう」

動揺を隠して笑顔を作ると、彼もつられるようににっこりした。

「これも仕事の話ですよ。あなたのことを知らなければ、あなたのために小説は書けない」

「えっ、書いていただけるんですか？」

わたしは思わず背筋を伸ばし、彼がうっかり口から滑らせた言葉に食らいついた。

「ありがとうございます！　とりあえず五十枚くらいの短篇をひとつ頂戴できればと思います。深町さんのお書きになりたいテーマで、好きなように書いてくだされば結構です。津久井さんとのお約束もあるでしょうから無理は申せませんが、年内に一本いただけたら大変ありがたいのですが」

ここぞとばかり畳みかけると、深町はしんから愉しそうに苦笑した。

「なるほど、柳原さんにはかないませんね。噂以上だ」

「おそれいります」

「僕は本当に少しずつしか書けないのです」

「わかっています」

「いつとお約束できません。明確な締切りを設けず、原稿ができたらお渡しするということでいいですか？」

「それで結構です」

「原稿は直接取りに来てもらえますか？」

「もちろんです。お電話くだされば何時だろうと飛んで行きます」

深町はほっとしたように破顔した。先ほどとはうって変わって、見る者の心をとろかせるような魅力的な笑顔だった。一匹の悪魔と百匹の天使を自身のなかに飼い馴らしているのが作家なのだと、深町を見ているとつくづく思う。

「商談成立ですね。もう一軒行きましょう」

とわたしは言った。

3

それからわずか二週間後に、深町から電話がかかってきた。原稿ができあがりました、という彼の言葉を聞いて、わたしは耳を疑った。まさかこんなに早く書いてくれるとは思ってもいなかったのだ。

津久井のところのスケジュールを考えるとどんなに早くても半年後、それでも本当に年内に貰えるなどとはゆめにも思わず、どうかすると一年や二年くらいは平気で待たされると思っていた。おそらく津久井の計画では月刊誌に短篇を連載させながら同時進行で長篇書下ろしに着手させ、合間に単発のエッセイを書かせてキャパシティぎりぎりのスケジュールを組み、他社のつけいる隙を封じ込めるつもりだったと思われる。

他社の編集者から隔離するため、会社の保養所に作家を缶詰にするのも津久井がよく使う手だった。彼の会社は各地に温泉と賄（まかな）いつきの立派な保養所をもっている。そこに作家を放り込み、上げ膳据え膳の執筆環境を与えてじわじわとプレッシャーをかけながら、だんだんと逃げられない状況に追い込んでいくのである。それを最初の一、二年で徹底的にやる。だから深町も津久井に「拉致」されて「軟禁」され「調教」されているおそれは充分にあったのだ。

「はい？　今、何とおっしゃったんですか？」

「ですから、お約束の原稿がたった今書き上がったところなんです」

「あの……あれからまだ二週間しかたっていませんが？」

「……早過ぎましたか？　喜んでもらえると思って一生懸命書いたんですが」

「三十分、いえ、二十分で参ります！」

タクシーで待ち合わせの喫茶店にすっ飛んで行くと、深町遼は難しい顔をして店内に流れるクラシック音楽に耳を傾けていた。わたしを認めるとかるく目礼してテーブルの上に置かれた原稿用紙を大事そうに差し出した。

「ありがとうございます。今ここで拝読させていただいてもよろしいでしょうか？」

どうぞ、というように深町が首を傾げて微笑んだ。作家の目の前で原稿を読んだことは何度もあるが、これほど緊張したのは初めてだった。

考えてみれば生まれてこのかた、わたしは緊張したことなんてめったにないのだ。緊張というものがどういうものか、ほとんど忘れているくらいだった。深町がわたしの反応を見逃すまいと、息を詰めるようにして見つめているのがわかる。ただそれだけのことで、コーヒーに砂糖を入れようとしたわたしの手はふるえたのだ。どんな大作家と同席しても平常心を失わないこのわたしが。わずか二十歳の、毛玉のついたセーターを無雑作に着て眠たげに背中をまるめている痩せた青年の眼差しに。そしてわたしはそのとき初めて、この青年がひどく痩せていることに気づいたのだった。

「あの、緊張してちゃんと読めないので、そんなに見つめないでください」

「そうですか。では、音楽を聴いています」

深町が目を瞑って曲の流れに身を委ねはじめると、わたしはようやく落ち着いて原稿を読み進めることができた。そのときかかっていたのはモーツァルトだったと思う。しかし原稿に没入していくに従ってわたしには音楽が聞こえなくなった。かわりに彼の言葉が音楽となってわたしの細胞の隅々を満たしたのである。

そこには鋭利な刃物で慎重に削り取られた花びらのように美しい言葉が、胸を締め付ける独特の奏法で歌い上げられ、哀切極まる旋律となって流れている深町遼の世界があった。小説を読んだあとというよりは、音楽を聴いたあとのような官能的な心地よさが読後感となって残る、それだけ五感に訴えかける力をもつ、類い稀な表現力。それでいて透明感を失わないみずみずしさ。甘ったるい感傷ぎりぎりのところで踏みとどまっているセンチメントのゆたかさ。

わたしは読み終えて深い息を吐き、涙ぐんでいることを知られないようにコーヒーカップで顔を隠して、ゆっくりとページから目を上げた。するとやはり涙ぐんでわたしを見つめている深町と目があった。

「ほら、ここ。ポストホルン・セレナーデの、このアンダンティーノのとこ、いいでしょう?」

彼は流れている音楽に陶然となって、わたしに同意を促した。

「ええ。まるであなたの小説みたい。せつなくて、いとおしくて、何だか泣きたくなるみたい」

彼は一瞬きょとんとして言葉を失い、見る見るうちに上気して、グラスの水を一息に飲み干した。彼が喜びを噛みしめているのだとわかったのは、しばらくたってからのことだった。わたしは自分が何か失礼なことを言ってしまったのではないかと不安になったくらいだった。

「それで……いかがでしたか？」

彼はおずおずとわたしの目を覗き込み、書き上げたばかりの原稿の出来についてお伺いを立てた。わたしは一等最初の読者であり、この作品に対して影響力を持ちうる唯一の権力者でもある。この瞬間にのみ編集者は作家の優位に立てる。わたしはこの瞬間が一番好きだった。

「すばらしいです。処女作のときと同じヒロインが登場していますが、人物造型にさらに磨きがかかって、文章のテンポも格段によくなっています。すごくいいです」

深町は顔をくしゃくしゃにして喜んだ。でもふとわたしの胸にかすかな影のようなものが射し込んできた。

「深町さん、これを本当にたった二週間でお書きになったんですか？」

「はい。大学にもアルバイトにも行かず、ずっと集中してたので」

「余計なことかもしれませんが……津久井さんのほうの締切りは大丈夫なんですか？」

「大丈夫じゃないけれど、書かないと柳原さんに会えないから」

「まさかこれは……津久井さんに渡すはずの原稿だったのでは？」

「いいえ。あなたのために書きました」

彼は胸をはって、まっすぐにわたしを見つめて言った。わたしにはこの先ふりかかってくるであろうトラブルの山が目に見えるようだった。うちが発掘した新人を泥棒猫みたいに盗みやがって、と怒鳴りこんでくる津久井の顔が、さまざまな嫌がらせの数々が、文壇という隠微な社会で垂れ流されるわたしへの悪口の文句までも。あれほど目をかけてくれていた津久井を裏切って、この新人作家は貴重な第二作をあっさりとライバル社の編集者に渡そうとしているのである。

「ありがとうございます。とても嬉しいです。でも、これはあなたの第二作ですよ。こんなすごいものを本当にうちが頂いてもいいんでしょうか？」

「柳原さんは、欲しくないんですか？」

「もちろん欲しいです。喉から手が出るほど頂きたい原稿です。でも、業界には仁義というものがあります。深町さんの立場が微妙にこじれたら、うちとしても大変申し訳ないことになってしまいます」

深町はここでクスリと笑った。

「何がおかしいんですか？」

「仁義とか立場とか、そんな言葉、あなたには似合わないなあ」

「わたしは深町さんのことを心配して言ってるんですよ。だってあんなに津久井さんのことこわがってたじゃないですか。うちが睨まれるのはいいですよ。でも深町さんがこれからお仕事やりにくくなったら、もったいないと思うんです」

「さっきから、うちうちって仰いますが、僕は別にお宅の会社に差し上げるわけじゃない。あなた個人に差し上げるんです。あなたのために書いたものを、他のひとに渡すつもりはありません。もしあなたが津久井さんをおそれてこれは受け取れないって言うんなら、捨てるまでのことです」

深町は不機嫌そうに席を立とうとした。彼が鞄にしまいかけた原稿の束をひったくるように奪い返すと、わたしは彼の腕を引っ張ってもう一度席に座らせた。

「わたしを見くびらないでください。誰がこんなすばらしいものを捨てさせるものですか。あなたにそこまでの覚悟があるのなら、わたしがあなたを守ってみせます。この原稿の価値に見合うだけの努力をして、わたしがあなたを売り出してみせます。この原稿はわたしが責任をもってお預かりいたします」

わたしは勢いのあまりほとんど睨みつけるような目つきだったかもしれない。深町はわたしの迫力に気圧(けお)されることもなく対等に対峙して、

「それじゃあ、僕のことも見くびらないでください。作家が命かけて魂こめて書いた原稿を、あなたは黙って受け取ればいいんだ。これはあなたへの捧げものなんだ。他の誰

に読まれなくても、あなたひとりに読んでもらえればそれでいいんだ」

と凄んでみせた。

わたしはこれほど痺れる殺し文句を一度も聞いたことがない。

「わかりました。肝に銘じて」

「大体さっき、これを読んで泣いていたくせに」

「あれは……モーツァルトのせいですよ。あのアンダンティーノに泣かされてしまっただけです」

「まあ、そういうことにしておきましょう」

だが彼の言う通りだった。わたしは小説を読むのが商売なので今さら小説で泣くことなんてないのだが、これにはやられた。お涙頂戴の人情ものなんかでは絶対に泣かないのに、剝き出しの無垢な精神が不器用に傷ついているさまに触れると、不意にざっくりと斬りつけられることがある。深町遼の小説はそうやって読者の心に揺さぶりをかけてくるのだ。十代二十代の、とくに女の子たちが夢中になるだろう、とわたしは直感した。そして麻薬のように彼の小説を求めはじめるに違いない。

「でも柳原さんの涙はきれいだったな。今日はとてもいいものを見た」

「見なかったことにしてくださいね」

「いいえ、たぶん一生忘れません」

わたしたちはようやく微笑みあった。

「深町さん、この前よりお瘦せになったんじゃありませんか？　顔色もひどく悪いみたい」

「書いているあいだはほとんどものを食べなくなっちゃうんですよ。バナナと牛乳を一日一回摂れば充分なんです」

「それはいけない。焼肉でも食べに行きましょう。ご褒美に特上の骨付きカルビをご馳走しますよ」

「不思議だなあ。柳原さんと一緒にいると、自分にも食欲があるんだってことを思い出すんです。そして世の中にはおいしい食べ物がいっぱいあるっていうこともね」

「たくさんおいしいものを召し上がって、たっぷりと栄養をつけていただいて、ばりばり書いていただかなくてはね。作家は贅沢も知らなくてはいけません。津久井さんには及ばないかもしれませんが、これからはわたしが深町さんをいろんなお店にご案内いたします」

「それは素敵だ。小説を書けば柳原さんに会えて、しかも柳原さんの会社の経費でデートができるんですね。僕、小説家になってよかったなあ」

「デートではありません。打ち合わせです」

津久井がこの青年を独り占めしたくなるのも無理はないと思った。素直で可愛げがあるのに、生意気なところもしっかりと持ち合わせている。自分の才能に無自覚で、欲がなくて、書くことがそのまま生きることに直結している。自分を認めてくれる人間を、無条件に信じてしまう。世渡りが下手そうで、とても放っておけない。

彼には未完成の輝きがある。手取り足取りあらゆることを教えたくなる。読むべき本を、見るべき映画を、飲むべき酒を、女のことを、旅のことを、服のことを、喧嘩の仕方を、放蕩の正しいあり方を。彼のまだ柔らかい脳味噌に、自分というものを吹き込みたくてたまらなくなるのだ。作家になるべくして生まれてきた男の手を引いて、道なき道の足元を照らし、まっすぐに光の中を歩ませることができたら、それは編集者冥利に尽きるというものだろう。

そのためには彼の見つめている闇をともに凝視しなくてはならないことも、わたしにはわかっていた。編集者は、ときには骨がらみで作家とつきあわなくてはならないことがある。一生のうちひとりでもそんな作家と巡り会えたら、その袖をつかんで決して離してはいけないのだ。

そう、わたしは巡り会い、深町遼の袖をこの手でつかんだ。深町もまた強い力でつかみ返してきた。袖をひきちぎって、わたしの腕を。いや、それどころか、わたしの骨を。そしてわたしの体じゅうの骨を粉々にしてしまった。彼がわたしを求める力は、それほどまでに強く、烈しかった。それなのに彼の手は溺れかけた子供のようにたよりなく、弱々しかった。彼の目は赤子のようだった。こわいほど澄んで、いつも涙をためていた。わたしに会うとき、彼はいつも悲しそうだった。会っていないときのことは知らない。たぶん、悲しそうに小説を書いていたのだろう。とても悲しい小説を、背中をまるめて書いていたのだろう。

一匹の悪魔と百匹の天使を自身のなかに飼い馴らしているのが作家なら、百匹の悪魔と一匹の天使をおのれの内に棲まわせているのが編集者だ。それがわたしだ。女衒(ぜげん)のように作家に近づき、その肉体から彼の命を——小説を——最後の一滴まで絞り取る。からからに涸れ果てるまで、廃人になるまで、自殺して死ぬまで、追い詰めて攻め立てて抱きしめてひれ伏して爆弾を落として夜露に晒(さら)して火をつけて水を浴びせて踏みつけて踵(かかと)を舐めてめったやたらに引き裂いて。この仕事は借金取りに似ている。わたしは神に代わって、作家が神から借りた金——才能——の取り立てをしているのである。

4

「柳原くん、津久井んとこのパーティ行くの？　やめときなよ。あいつ、きみを見かけたら刺すって言ってるらしいよ」

よそ行きのスーツ姿で出勤したわたしを見て、編集長が警告しに来た。深町の短篇を巻頭に載せた号が出てから、まだそれほど日にちがたっていない。

津久井の社が催すパーティには毎年顔を出している。今年だけ顔を出さないというのも不自然だし、逃げまわっているようできまりが悪い。狭い業界のこと、どうせどこかで顔をあわさないわけにはいかないのだから、こっちから出向いて正々堂々と挨拶してやろうと思ったのだ。大勢の前で頭を下げれば、彼も見境のないことはしないだろうという計算もあった。挨拶のないまま銀座の路地の暗がりで不意に出くわしたら何をされるかわからない。わたしのしたことは生傷のひとつやふたつでチャラにできるようなことではない。

「まあ、唾くらいは吐きかけられても仕方ないいんじゃないでしょうか」

「あいつの唾、ねっとりして汚なそう！　そんなもん吐きかけられたら病気になっちゃうぞ。やめとけやめとけ」

しかしわたしは深町のことが気になっていた。パーティには彼も出席するはずだった。わたしは大勢のなかにいる深町遼の姿を見てみたかった。みんながどんなふうに彼を見ているか、彼がどんなふうに文壇という海を泳いでいるか、そして何より、その場で囁かれる第二作の評価をわたしは知りたくてならなかった。

「やっぱり行ってきます。深町くんにも改めてお礼を言いたいし、津久井さんにも一応お詫びを入れなくては」

「深町遼も来るの？　だったら俺も挨拶しなくちゃな。仕方ねえ、津久井の唾は俺が引き受けるよ」

だがパーティ会場は人でごった返していて、深町の姿も津久井の姿もなかなか見つけることはできなかった。ちょっと歩けば素通りできない作家にぶつかってしまい、やあやあ最近どうしてるの、と立ち話に花が咲く。顔見知りの編集者とすれ違うたびに、

「柳原さん、さっき津久井さんが探してたよ」

と耳打ちされ、わたしは気が気ではなかった。

「ああ、いたいた。柳原くん、こっちこっち！」

日頃お世話になっている老先生のテーブルからお呼びがかかった。あの先生につかまるとしばらく放してもらえないし、そのまま銀座のバーに連れて行かれてしまう。まずいな、と思いつつ足を踏み出した瞬間に、さっとわたしの手を握って引き寄せる者があった。深町遼が疲れた迷子みたいな顔をして、それでも嬉しそうに、わたしの前に立っていた。

「やっと見つけた」

「あ……わたしも探してたんですよ」

「会えてよかった。来たかいがあった」

さぞかし大勢の人間に挨拶されて辟易（へきえき）しているのだろう。胸ポケットが名刺でふくらんでいる。

「先日はお原稿ありがとうございました」

「こちらこそ、焼肉ごちそうさまでした」

「その後、どうですか？　津久井さんとこの原稿は進んでますか？」

「いや……それはきかないでください」

彼は急に顔を曇らせた。

「書いていないんですか？」

「書いてますすよ、毎日」

「それはよかった。津久井さんも喜ばれるでしょう」

「書いているのは、あなたの原稿です」

「えっ？」

おおい柳原くん、と老先生の呼ぶ声が聞こえる。わたしは返事するのも忘れて深町の顔を凝視する。深町はまだわたしの手を握りしめたままだ。

「来月号にも原稿をくださるんですか？」

「これから帰って、続きを書きます。今日は柳原さんにひと目だけでも会いたくて、ちょっと抜けてきたんです。大丈夫、遅れはすぐに取り戻しますから。今、乗ってるんですよ。きっといいものになると思います」

「ちょっと待ってください。それはものすごく有り難いのですが、津久井さんのほうはいいんですか?」

わたしはさすがに彼の手をふりほどいて言った。ほどいた瞬間に溶けてなくなりそうなほど、それは儚(はかな)い感触だった。彼の手がほっそりとした冷たい手だったことを思い出したのは、ずいぶんあとになってからのことである。

「それは僕と彼との問題です。柳原さんが気になさることではありません」

「津久井さんはご存知なんですか?」

「会って話をしました。彼はわかってくれましたよ。彼には申し訳ないと思うけれど、どうすることもできないんです。僕が今書きたいのは、彼の原稿ではないんです。机に向かうと、あなたの顔しか浮かんでこないんです。いや、机に向かっているときだけじゃない。食事のときも、講義の最中も、眠っているときにさえ、僕はあなたに話しかけている。あなたのことばかり考えてしまう」

こんなにも大勢の人間のいる前で、いきなり愛の告白をしないでほしい。わたしは彼の若さにため息をついた。わたしたちは今、ただでさえ人々の好奇の眼差しに晒されているというのに。

「深町さん、少し酔っていらっしゃるのね」

「一滴も飲んでませんよ。これから帰って小説を書くんだ。酒なんか飲んだら感覚が鈍る」

「でも、今日はちょっと変ですよ」

「恋する男は滑稽ですか？　ええ、そうですとも。僕はあなたに恋をしている。それは僕だって認めないわけにはいかない」

「それは恋ではありません。暗示にかかっているだけです」

「これが恋でないなら、他の何を恋と呼ぶのでしょうか？」

「あなたより十二歳も年上のおばさんに向かって、からかうようなことを言うのはやめてください。迷惑です」

　わたしはほんのわずかの隙も見せずに、目の前で蚊を叩き殺すようにぴしゃりと言った。こういうときに少しでも期待をもたせる言い方をするとあとでもっと厄介なことになる。彼はあきらかに傷ついた様子で顔を歪めた。

「僕がからかっているように見えますか？」

「だってわたしとあなたは一回りも違うんですよ。それに婚約者がいらっしゃるんでしょう？　そんな軽はずみなことを言うのは、その方に対しても、わたしに対しても、失礼だとは思いませんか？」

「婚約なら、解消しました」

「まさか……わたしのために？」

「それは僕と彼女との問題です。あなたには関係のないことです」

「だとしても、こんなおばさんをからかうものではありません」

「僕が本気だってこと、信じてくれないんですね」

「いいかげんにしてくださいよ。そのうち怒りますからね」

今度はわざと駄々っ子を窘める母親の口調で言った。こういうとき、ぴしゃりと蚊を叩いても駄目なとき、作家を怒らせず、恥をかかせずにはぐらかす言い方をわたしは三十七通りくらい知っている。

「どうすれば信じてもらえますか？」

「実はわたしね、男の人に口説かれるとジンマシン出ちゃうんですよ。ほらもう痒くなってきた」

あまりにもひたむきな視線には三の線で行くのも効果がある。だが彼は笑ってはくれなかった。周囲の目など気にもかけず、全身から突き刺すようにわたしを好きだと訴えている。

「あなたに百本の小説を渡せば、信じてもらえますか？」

わたしは思わず声を出して笑った。

「百本ですって？　毎月連載したとして、何年かかると思ってるんですか？」

「八年と四ヶ月。でももう一本お渡ししてるから、八年と三ヶ月ですね」

「気の遠くなるようなお話だわ。あなたは向こう八年間もうちで連載を続けながら、他社といくつもかけもちができるんですか？」

わたしは彼のふくらんだ胸ポケットを見て言った。津久井のところだけではない。彼に原稿を依頼したがる編集者はあとを絶たないだろう。深町遼は津久井やわたしだけで独占できるような作家ではないのだ。

「僕はそんなに器用ではありません。かけもちなんかできるわけがない。毎月五十枚の短篇ひとつ書くのだって、どんなに苦しいか。コンスタントにそんなことができるかどうか、自信はありません。でもあなたに会いたくて、あなたに褒めてもらいたくて、骨身を削って書いているんじゃないですか」

「じゃあ、あなたは八年間、よそへは書かずにうちだけに書くと仰るんですか？」

「そうです。百本それをやったら、僕の気持ちを信じてもらえますか？」

「無茶苦茶だわ」

あまりに途方もない申し出に、わたしはただ笑うしかなかった。

「そんなこと許されるはずがないでしょう。他社の人達が放っておいてくれると思ってるんですか？　それにあなたはやがて長篇も書かなくてはいけません」

「長篇の一回分も一本と数えればいい。とにかく毎月五十枚の原稿を渡して、それを百回で上がりにしましょう。百本分のラブレターを僕はあなたに書き続けるんです」

「そんなすごいラブレターをいただくわけにはまいりません。わたしはそれほどの価値のある女ではありません」

「お願いです。どうか僕のものになってください。そしていざ満願のあかつきには、僕の思いを叶えてください。受け取ってください」

熱くて悲しい眼差しが、痛いほどわたしに降り注がれている。いつのまにかわたしは周囲のざわめきを忘れていた。時と場所もわきまえず、なりふりもかまわず、身も世もなくわたしに愛を乞う男を、わたしはいつものように軽い眩暈と違和感をもってひんやりと眺めた。

だがこの男だけは段ボール箱の中のじゃがいもの一個に貶めてはならないと、わたしの編集者としての本能が囁いている。わたしの中の一匹の天使は毅然として彼の求愛を拒絶せよと言うのだが、百匹の悪魔はこれをうまく利用せよと唆してくるのだ。小説のために。彼がこれから書くはずの恋愛小説の誕生のために。その燦然とした輝きの前では、わたし自身のことなどどうでもいい。わたしはそれが読みたいのだ。そして読者にも読ませたいのだ。彼がそれを書くために恋という蜜を啜る必要があるのなら、啜らせておけばいいではないか。何もわたしの血を啜らせるわけではないのだ。

いやもし、万が一、深町遼がこの先文学史に残る傑作をものすることができるなら、わたしは喜んで自らの血を捧げよう。わたしにはそれだけの覚悟がある。全身編集者は何も津久井だけではない。わたしはようやくそこまでするに足る作家と巡り会ったのだ。

「いいですよ」

と、わたしはあっさり言った。

「百本なんて、どうせできっこないんですから。それに八年後にはわたしは四十歳ですよ。たとえ達成できたとしても、そっちから断られるに決まっていますもの」

「四十歳のあなたがどんなにきれいか、僕にはわかりますよ。十四歳のあなたがどんなに愛らしかったかも、僕には手に取るようにわかります。あなたと会ってしまったときから、僕はいつもいつもあなたのことだけを考えて生きているんですよ。そうしてそこから小説が生まれるんです」

深町は右手の小指を立てて、わたしの前に差し出した。

「約束です。指切りしましょう」

「はいはい、わかりました」

わたしは仕方なく小指を搦めた。

「百本書いたら、僕のものに」

「本当に百本くださったら、あなたのものに」

そしてわたしは指を切ったのだ。それがどんなに重い誓いであるかも気づかずに、暢気に笑みさえ浮かべて、とりあえず次号に彼のためのスペースを確保しなくてはなるまいと目先の喜びを嚙みしめながら。

「いいですね。約束しましたよ。証人はおたくの編集長です」

いつからそこにいるのか、編集長がわたしの後ろに立って彼に名刺を渡そうと待ち構えている。彼が視線を向けると満面の笑みを浮かべて編集長が擦り寄っていった。他にも何人かあとに続く者がいる。彼はたちまち人波にさらわれてしまう。わたしは弾き飛ばされ、取り残される。ひとりでポツンと、彼の余熱を瞼の裏に感じたままで。

そのとき、わたしは少し離れたところからじっとこちらを見ている津久井の姿に気づいた。彼の目は憎悪のために血走って赤く濁り、いつも血色のいい彼の顔は青白く透き通るようだった。わたしが彼に近づいていこうとすると、彼はそれを片手で制してふらりとパーティ会場から出て行った。わたしはあとを追いかけることができなかった。鉛が体にしみこむような、金縛りにあったような、ざらついた息苦しさに打ちのめされて、身動きできずに立ち尽くしていた。

だがその夜、三次会の流れでたどり着いた銀座のバーで、わたしは思いがけずばったり津久井と鉢合わせすることになった。いや、うすうすは彼がその店に来ることをわかっていたから、普段は二次会までしかつきあわないわたしが老先生に誘われるままのこのこと足を延ばしたのである。

彼は珍しくひとりでカウンターで飲んでいた。作家のお供をしていない津久井を酒場で見るのは初めてだった。わたしたちが入っていったとき、彼はすでにかなり出来上がっているようだった。わたしは頃合いを見計らってトイレに立ち、その帰りがけに彼の隣のカウンター席にそっと腰を下ろした。彼はわたしにじろりと一瞥(いちべつ)をくれてから、口の端を歪めて意地悪そうにニヤリとした。それは彼がくだらない小説をこき下ろすときによく浮かべる得意の表情だった。

「よう」

と、彼は片手を上げて言った。

「さっき、わたしを探していらしたとか」

「ああ。でも、もういいや。用事が何だったか忘れちまった」

「深町くんのことでしょうか。津久井さんには申し訳ないことをしたと……」

「見せつけてくれちゃってさ。指切りげんまんなんかしちゃってさ。みんなの前でよくやるよねえ。一体何の約束してたのよ？」

きたきた、とわたしは思った。ねちねちと陰湿に責め立てるのがこの男のやり方だ。

「ああ、あれは別に……」

「デートの約束でもしてたんだろ。ま、いいけどな。作家と編集者だって男と女だ。好きになったら誰にも止められないもんな」

「わたしたちはそういう関係ではありません」

「ほう。あんたと深町がただのビジネスライクな関係なら、なんで彼があそこまで常識破りのイカレた真似をするのかね？　よっぽど原稿料でも弾んだのか？」

「津久井さんのお怒りはごもっともです。わたしが男なら殴りたいでしょうね」

「女でも殴りたいね」

「どうぞ。それで気が済むのなら、殴ってください」

わたしは津久井に向かって顎を上げ、面（おもて）を差し出した。津久井は酔いのためにゆらゆらと揺れながら、舐めまわすようにわたしを眺めた。

「じゃ、殴らせてもらうか」

「どうぞ」

「あとで告訴するなよ」

「しません」

「殴り返すなよ」

「はい」

「痛いぞ。目を閉じて、歯を食いしばれ」

「は、はい」

まさか本当に殴られるとは思っていなかったが、一発くらいは仕方ないだろうとわたしは腹をくくった。顔が腫れても、痣が残っても、鼻が曲がっても、彼の受けた打撃に比べれば全然たいしたことじゃない。わたしがもし彼の立場でまったく同じことをされたとしたら、夜道で待ち伏せして本当に刺してしまうかもしれない。それだけのことをわたしはしたのだ。

「殴る前にひとつだけ言っておく」

「何でしょうか」

「深町だけは弄ばないでやってくれないか」

「わたしは一度たりとも誰かを弄んだことはありません。いいかげんにしてください」

「まあ聞け。あいつは尋常じゃないほどあんたに惚れてる。俺を捨て、婚約者まで捨てて、阿呆みたいに思いつめてる。それで小説が書けるうちはいいが、駄目になったら何するかわからん。ああいう男はね、死ぬよ」

「わたしが死なせません」

わたしはしっかりと目を見開いて言った。

「あいつの舵取りは難しいぞ。あんたにできるかな、殺さずに作家として生き延びさせることが」

「わたしもあなたと同じように、彼の作品に惚れ込んだ者のひとりです。つねに敬意を払って大切に守ります」

「敬意だけじゃ足りねえんだ。彼のような作家には愛が必要なんだ。わかるか？　あんたの苦手な、あんたの嫌いな愛のことだよ。ことごとく男の愛を撥(は)ねつけてきた鉄の女に、彼をまるごと愛せるかってことだよ」

「マリア様か、ナイチンゲールのような愛でよければ」

「おまえは阿呆か。そんなけちな愛で作家を救えるかッ！」

いきなり平手打ちが飛んできた。予期していなかったので腹に力をこめる暇もなく、わたしはバランスを崩してカウンターの下に倒れ込んだ。店内が騒然となり、老先生のテーブルから編集長が血相を変えて飛んできた。わたしが助け起こされたときには、津久井はもういなかった。騒ぎにまぎれていつのまにか店から出て行ってしまった。

5

その夜のことはスキャンダルを売り物とする下品な雑誌にスクープされ、一気に出版界に広まった。「新進作家を寝取られたベテラン編集者の恨みの鉄拳」だの、「殴られた美人編集者はその新進作家と熱愛中の仲」だの、果ては「婚約中の恋人を捨てて美人編集者に乗り換えた女たらしの新進作家のあきれた行状」「妊娠していた婚約者は悲嘆のあまり自殺未遂との噂」だのと、相も変わらず根拠のない無責任な記事が垂れ流されており、わたしは怒りのあまり体じゅうの血が沸騰して脳溢血を起こしそうになるほどだった。

誰に教えられて読んだものか、深町がその不潔な雑誌を握りしめてアポもなく突然わたしに会いに来たのは、締切りを間近に控えた慌しい時期のことである。彼の原稿はまだ入っていなかった。今か今かと出来上がりの電話を待っていたわたしは、彼の手の中にあるものが原稿ではなくスキャンダル雑誌であることがわかっていささか不機嫌な顔を見せてしまったかもしれない。

「柳原さん、津久井さんに殴られたんですか?」

編集長が気を遣って深町を応接室に通すと、彼は出された玉露も飲まずに訊ねた。顔の痣ならもうとっくに消えている。わたしにとってはすでに終わったことだった。

「作家はそんな薄汚いものを読んではいけません。殴られたのは事実ですが、あとは全部根も葉もないでたらめです。こんなものをいちいち気にしていたら生きてはいけませんよ」

「僕の別れた彼女のことまで書いてある。もう僕とは関係のないひとにこんな迷惑がかかってしまって、とても放っておくわけにはいかない」

「こんな記事、誰も本当だと思って読んでませんよ。ガセネタで商売してるような雑誌です。世の中にはそういう蛆虫のような連中がいるんです」

「こんなことして金儲けしてるやつらがいるなんて、ゆるせない。自殺未遂のことまで書くなんて、一体何の権利があってそんなことするんだ！」

深町は激昂してテーブルを叩いた。わたしは胸の片隅にひっかかっていたことをつい訊いてしまった。

「本当なんですか？　自殺未遂って」

彼は泣きそうな顔で頷いた。

「妊娠のことも？」

「それはわからない。僕には何も言ってませんでした。これを読んで初めて知ったんです」

「それは……ショックだったでしょうね」

「柳原さんのことも侮辱してあります。このままにしておけない。これから一緒に抗議に行ってもらえませんか」

「お気持ちはわかりますが、どうかこらえてください。ああいう連中は相手にしないのが一番です。みんなそれほど暇じゃないんです。それよりも今のあなたにはするべきことがあるのでは？」

わたしの口調はあきらかに同情よりも皮肉のほうが勝っていた。彼は心外だというような顔つきでわたしを見ると、鞄から原稿の束を取り出して、ほとんど放り投げんばかりにわたしの前に置いた。

「あ……できてたんですか？　失礼しました。ありがとうございます」

「あなたが用のあるのはこれだけなんですね。どうぞ、二つめの捧げものです」

「お疲れさまでした。これから拝読して、何も問題なければすぐに入稿してしまいますから、そうですね、少しお待ちいただければお食事に出ましょうか。ただ、今夜は入稿ラッシュなので、あまりゆっくりおつきあいできないのが申し訳ないんですが。社の近くにおいしい鰻屋があるんですよ。一時間くらいなら抜けられますから、そこでかるくいかがですか？」

「何なのかな、それって」

深町は気分を害したことを隠さずに不愉快そうに言った。

「僕はこの一ヶ月間、この原稿にかかりきりになっていたんですよ。彼女に別れ話をして、手首を切られたその夜も、僕は病院の廊下で書いてましたよ。津久井さんが毎日のように訪ねてきて、脅されたり泣かれたりして、それでも吐きながら書いてましたよ。それなのに何ですか、あなたは。僕の原稿も、僕のことも、そんなふうに流れ作業で適当に処理してほしくなんかないですね。かるく一時間って何ですか。それが一ヶ月ぶんの集中と献身に対するねぎらいの態度ですか。僕がどんな思いでこの小説を書いていたか、あなたは作家の気持ちを一体何だと思ってるんですか」

「お気にさわったのでしたら、申し訳ありません。ですが、この時期に一時間つくるのは結構大変なんです。わたしは深町さんだけを担当しているわけではありません。それに、一ヶ月ぶんの集中と献身に対するねぎらいということでしたら、原稿料という形でお支払いしているつもりです。また、津久井さんのことも婚約者の方のことも、わたしとは関わりのない深町さん自身の問題だと仰ったのは他でもない深町さん、あなたですよ。あれだけ見得をお切りになったのなら、ご自分の言葉に責任をもっていただきたいですね」

自分でもちょっとひどい言い方だと思いながら、わたしはどんどん言い募っていった。深町はびっくりした様子でわたしを見ていた。今までさんざんチヤホヤしてきたのに、手のひらを返すような仕打ちと取られたかもしれない。だがいったん作家をやる気にさせたら決して甘やかさず、言うべきところはビシッと言い、ある程度の距離を置いて、つかず離れずの関係を築いていくのがわたしの流儀だった。わたしは早く深町にプロの作家として自立してほしかった。ゴシップ記事など鼻先で笑いとばし、親が死のうが女が死のうが締切りだけは意地でも守り、編集者とのベタベタしたつきあいを断ち切っていついかなるときでもクールにふるまう、一人前の大人の作家になってほしかった。

「わかった。柳原さん、僕にわざとつらく当たって、僕があなたを嫌いになるように仕向けているんですね」

「そんなんじゃありません。わたしはもっと深町さんにプロとしての自覚を持っていただきたいだけです」

「あなたの担当作家が僕だけじゃないことくらい、わかってますよ。でも僕の担当編集者はあなたひとりしかいないんです。僕にはあなたがすべてなんだ。月に一度、原稿を持ってきたときくらい、もう少しやさしくしてくれませんか？」

　年下とはいえ自分より大きな男にひどく寂しそうな声で言われて、どきりとした。彼の言う通りだった。わたしには多くの作家がいるが、彼にはわたししかいない。彼はわたしだけを拠りどころに小説を書いているのだ。

「すみません。確かにそうですね。流れ作業で処理したつもりはなかったのですが、つい忙しくて心配りが足りなかったかもしれません。おゆるしください」

「もう少しやさしくしてくださいますか？」

「はい。反省しました。深町さんだけじゃなく、きつい女だとよく言われます」

　深町の表情にようやく穏やかさが戻った。どんなに若くても、こういう落ち着いた顔をしているときの深町はとても作家らしいとわたしは思う。

「柳原さんは、子供の頃からずっと優等生だったでしょう？」

「ええ。そのせいで、まわりの男性を見くびっているようなところがあるのかもしれません」

「そういう女の子って、実はクラスで一番孤独なんですよね。僕自身は別に優等生じゃなかったんだけど、どういうわけかそういう女の子にばかり好かれてね」

「優等生の鼻をへし折るガキ大将だったの？」

「ううん、クラスの誰ともまじらない一匹狼。優等生の彼女たちにやさしくしてあげられるのは、そういう一匹狼だけなんだよね。自分より孤独な存在に対してしか、人は安心して心を開けないから」

「そういえば、そういう男の子っていたわね」

「そうか、僕も反省しました。僕のほうがもっと柳原さんにやさしくしてあげなくちゃいけなかったんだ。ごめんなさい」

「それじゃ、二人して鰻屋で反省会といきますか」

「いいですね。行きましょう」

彼のこの穏やかさを、静けさを、やさしさを、わたしはどれほどいとおしく思っていたことだったろう。彼の本質がもっと烈しく、荒々しく、冷たいものであったとしても、わたしにだけ見せてくれる愛情深い言葉や仕草にわたし自身が救われていたのはまぎれもない事実である。わたしは与えることよりも彼から受け取ることのほうが多かったように思う。わたしが救うべき作家の魂に、わたしのほうが救われていたのだ。

深町はクラスの誰からも離れてひとりでいる痩せっぽちの少年のように、世界の中心から遠く離れて、人間の幸福から遠く離れて、現世の営みがもたらすありとあらゆる喜怒哀楽から遠く離れて、ただ静かにしんとした場所で小説を書き、そしてわたしを愛した。そのさまは水たまりに片足を突っ込んで独り遊びをする少年のように無駄がなく、完結していた。わたしは彼に近づきたいと思いながらできずにいる、あの日教室の窓から彼の姿を眺めていた女の子であり続けた。

マリア様やナイチンゲールのような愛がけちな愛だとは、わたしは思わない。それでさえわたしには精一杯の愛だったのだ。津久井なら水たまりに一緒に飛び込んで、ともに遊べと言うだろう。それが愛だと言うだろう。でもわたしには、独り遊びをする少年の完結した輪の中は眩しすぎて、あまりに神々しくて、まじることができなかったのだ。そう、わたしはすでに深町遼を崇め、畏怖していた。崇拝の対象を人は愛することができるだろうか？

翌月も、その翌月も、深町からの原稿はコンスタントに届き続けた。

処女作から一貫して作品を彩っている繊細な翳りは一作ごとに深みを増し、ガラスのような文体はいよいよ強靭に磨き上げられ、身を切るような切なさはどんどん極まっていった。それは量産のきかない名匠仕事であり、一作ずつに渾身の力をこめて織り上げられた精緻な工芸品のようだった。

だが深町遼の最大の魅力は薫り立つような永遠の青春性であっただろう。その甘さ、その痛み、その未熟、その狂熱、その青い手が摑もうとして摑みそこねた夢のあと、涙を拭いたその青い手の美しさ。決して叶うことのない恋。果てなくひろがる無援の荒野。深町の小説には鮮血が噴き出るように生き生きと「青春」のすべてが描かれている。

毎月きっかり五十枚。それだけで彼には精一杯だった。彼ほどストイックな作家をわたしは見たことがない。一字一句さえゆるがせにせず、執筆の妨げになるもの——大学生活、インタビュー、文壇づきあい——はことごとく退けて、ほとんどひきこもり状態で机に向かっていた。ほどなくして彼は大学を中退し、マスコミ嫌いの変人というレッテルが貼られるようになった。

短篇が六本たまると、わたしは短篇集をつくって売り出しをかけた。雑誌連載中から評判が高かったせいもあり、各誌にベタ褒めの書評が一斉に出て、滑り出しは上々だった。著名なカメラマンに著者近影を依頼して映画スター顔負けの写真を撮らせ、新聞広告で大きく使った。深町はいやがったが、これはとても効果があった。さらに口コミで評判が広まり、第一短篇集は予想をはるかに上回る売り上げを記録することになった。

「何だかすごく不思議だな。小説を書いてお金が入ってくるなんて」

と、深町は無邪気に言った。

何回めかの増刷のお祝いの席を社長が設け、彼を会場の料亭に連れて行くためにわたしたちは夕刻の銀座通りを歩いていた。

「僕がこんなに貰っていいの？　柳原さんとこもちゃんと儲かってる？」

「ご心配なく。おかげ様で臨時ボーナスをいただきました」

「それはよかったね。そのボーナスで何を買ったの？」

「ええと、あの、夏のスーツを新調させていただきました」

「じゃあ、そのスーツに合う靴を僕がプレゼントしてあげるよ」

彼は通りの高級店のウインドゥを物色しながら言った。

「とんでもない。お金は無駄遣いしないで大切に遣ったほうがいいですよ」

「遣う暇がないいんだよね。柳原さんのために遣わせてもらえたら、僕のお金も喜ぶんだけどな」

「お気持ちだけ、ありがとうございます。でも深町さんはまだ若いんですから、プレゼントを贈る女性くらいつくったほうがいいんじゃないですか？」

「あなたよりいい女、いないんですよ」

こういうことを冗談めかしてさらりと言われるたびに、その口調の裏側に隠れている本気の強さをかえって意識させられる。深町の真摯(しんし)さはいつもいつも変わることがなかった。普通の女なら、それほどまでに誠実に思われたなら、どんな頑なな心でも動かされたに違いない。

「でも向こうから寄ってくるでしょう」

「柳原さんこそ、いくらでも男は寄ってくるだろうに、どうしていつまでも独りなんですか？」

「わたしの場合は、人生に必要なものはおおむね仕事で賄われているんです。恋愛をまったく必要としなくてもバランスの取れる人間が、世の中にはたまにいるんですよ」

「本当にそうなのかな。そういう人が僕の小説の最大の理解者だというのは、僕にはちょっと信じられない」

「だからこそ、あなたの小説に惹かれるんじゃないかしら」

「柳原さんは本当に、これまで誰も好きになったことはないの？　ただの一度も？」

ああ、わたしに愛について訊かないでほしい。なぜ誰も彼もが愛についてばかり考えるのか、わたしには理解できない。ショパンの練習曲についてならわたしはうまく答えられる。ガルシア＝マルケスについてならもっとうまく答えられる。後期印象派についてなら、議会制民主主義についてなら、ユダヤ教の迫害の歴史についてなら、紫式部についてなら、いくらでもうまく答えられる。でもわたしに愛について訊かないでほしい。それだけはわたしの辞書にはない言葉なのだから。

「答えてください」

「そうですね。男性を自分から愛したことは一度もありません」

わたしは正直に告白した。夜の文壇ではわたしの私生活に関する不愉快な噂——鉄の女だとか処女だとか冷感症だとか情緒欠乏症だとか——がひそかに流れていることは知っていたが、自分からコメントしたのは初めてだった。

「もしかして……男が嫌いなんですか？」

「男が嫌いというより、わたしは人間が嫌いなんです」

「それなのに人間とどっぷり関わる仕事をしているなんて、矛盾してるんじゃないかな」

「ええ、そうかもしれません」

「人間嫌いだと言うひとに限って、人間が人一倍好きなんですよ。期待しすぎて裏切られるから嫌いだなんて言うんだ。僕も同じだからよくわかる」

「いいえ、わたしは深町さんほど素直に人を求めたり愛したりはできません」

「誰も求めず誰も愛さずにいられる人間なんて、いるわけがない」

深町は怒ったような強い口調で断言した。

「いますよ、ここに」

「僕が百本の小説を捧げても、あなたの心はまったく動かされることはないんですか？」

「ええ、おそらく。感動はすると思いますが、愛することはないでしょう」

「そんなに僕のことが嫌いなんですか？」

「あなたのことは作家として心から敬愛しています。わたしにとってあなたは誰よりも特別な作家です。でもそれが恋愛感情に変化することはたぶんありません」

「なぜです？　なぜそんなことがわかるんです？　あなたの体には青い血でも流れているんですか？」

そうだ、わたしの体には青い血が流れている。生まれてきたとき、わたしの血はみんなと同じように赤かった。だが長い時間をかけて青くなっていったのだ。くちびるを噛みしめてひとつの愛を諦めるたびに、拳を握りしめてひとつの虚無を呑み込むたびに、熱い涙のかわりに冷たい吐息を漏らすようになってから、わたしの血は少しずつ青く染まっていった。わたしの体のどこでも切ってみればわかる。そしてわたしの心臓は黒ずんだ群青色をしているだろう。

「僕はあなたを愛しています。たとえあなたの血が氷のように青く冷たくても。その氷を溶かすことができなくて一体何のための小説でしょうか。僕の小説がほんの少しでもあなたの心に響かないとしたら、小説家は一体何のために小説を書くのでしょうか」

深町のあまりにもまっすぐな瞳がわたしを苛立たせ、わたしの絶望に拍車をかけた。この瞳に嘘やごまかしは通用しないと思う一方で、彼の熱すぎる真紅の血潮をわたしは憎んでいたのかもしれない。だからつい本当のことを言って復讐してやりたくなったのかもしれない。いささかのひけ目も感じることなく堂々と口にできる純愛を叩きのめしてやりたくなったのかもしれない。

「わたしはじゃがいもより、さつまいものほうが好きなんです」

「それはつまり……男より女のほうが好きだということ？」

わたしは否定も肯定もしなかった。深町は衝撃を受けた様子で一瞬目を見開き、ようやくすべての謎が解けたというように遠い目をして深い息を吐いた。わたしたちはしばらく黙っていた。

宵闇の路地裏へこれから出勤するお姐さんたちが吸い込まれていく。ワゴンの花売りが紳士たちに売りつける一夜の薔薇の水切りに精を出している。流しのギター弾きがガラス張りのコーヒーショップで仕事の前の一服を愉しんでいる。和光の時計台に橙色のうすあかりが灯る。かきいれどきを迎えた銀座の街の雑踏で、わたしたちは場違いな観客のように途方にくれて立ち尽くしている。

「そういうことなら……僕にもまったく見込みはないわけだ」

深町が喉の奥からかすれた声を絞り出した。

「ごめんなさい」

「あなたには女性の恋人がいるんですか？」

「いいえ」

わたしはきっぱりと言った。

「わたしが好きになる女性は、みんなじゃがいもが好きなんです。そのことに気づいてから、わたしは自分の気持ちを封じ込めて生きてきました。もう誰も好きにならないように、無駄な涙を流さなくてすむように。ですから今も、これからも、わたしに恋人と呼べるひとはおりません」

「寂しくないんですか？」

「寂しいときはあなたの小説を読みます。ほとんど唯一の友達のようなものですね」

「僕が男であるかぎり……僕たちは友達にしかなれないんですね」

深町遼は黄昏を背負って、その淡いオレンジ色のなかに溶けて流れていきそうに見えた。なぜこの男はこんなにも弱く、わたしが突き放そうとする手に無様にしがみつくのだろう。なぜ歯を食いしばって痩せがまんをしてくれないのだろう。男の涙など見たくない。女にふられたくらいで泣くんじゃない。男なら、こういうときは泣くのではなく、笑うのだ。わたしは目の前で崩れかかっている若者にそう言ってやりたかった。

「ですが、あなたが作家であるかぎり、百本の約束は生きています」

わたしにはこれが精一杯だった。そう言った瞬間に、深町の背中が黄昏の光を凌駕(りょうが)した。その背は見る見る生き返り、精彩を取り戻し、確かな実在となって生還してきた。深町はまだ戸惑いながらも、いつもの穏やかな作家の顔になって微笑んでいた。

「あなたは不思議なひとだ。僕を崖から突き落としたそのあとで、僕に手を差し伸べてくれる。残酷なのかやさしいのかわからない」

「あと八十八本、本当に書けたらの話ですよ」

「あと八十八本か……長いなあ」

「早々とギブアップしますか?」

「まさか。僕はこれでも粘り強いんですよ」

「そろそろ長篇のことも考えてくださいね」

「ちぇっ、月に二本渡せたら、待ち時間が半分に減るんだけどなあ。どうしたって一本しか書けないのがもどかしいなあ」

「不器用なのも才能のうちですよ。深町さんはゆっくりお書きになればいいんです。読者を待たせるくらいでちょうどいいんです」

「あなたも僕を待たせてるんだってこと、どうか忘れないで。何年かかっても、僕があなたの嫌いなじゃがいもでも、僕が今より売れなくなっても——約束を忘れないでくださいね」

わたしは約束を忘れたわけではない。

わたしは愛について語る資格をもたない女だが、約束を忘れるほど不実な女ではない。ただ彼のほうがちょっと長く待ちすぎただけなのだ。待って、待って、あまりにも待って、そうして自らをすり潰してしまっただけなのだ。結局は黄昏の光に溶かされて消えてゆく、儚い泡のような男だったのだ。

6

「柳原百合子様
このまえは正直にご自分のことを打ち明けてくださってありがとう。おそらくとても勇気のいることだったと思います。僕はあなたのその勇気に敬意を払います。そしてあなたが自らのセクシュアリティゆえにどれほどの孤独と苦しみを味わいながら生きてこられたかを思うとき、僕は以前にも増して強くあなたを愛さずにはいられません。おゆるしください、柳原さん、何をもってしても僕があなたを愛する気持ちを止めることはできないのです。
あなたはおそらく、世界に対する違和感をつねに感じながら生きていらっしゃるのではないかと思います。それはきっとセクシュアリティだけの問題ではなく、それとは関係のないところに起因する根源的な違和感であり、自分ではどうすることもできないものなのだろうと思います。その部分において、僕たちは双子のきょうだいのようによく似ています。僕は凡庸なヘテロセクシュアルに過ぎませんが、僕もまたあなたと同じように息苦しいほどの違和感を覚えながらこの世界で生きているのです。

僕は表現者ですから、書くことによってこの息苦しさを克服しようとしてきました。でも書いても書いてもすべての言葉が世界の真ん中をすりぬけていく。書けば書くほど徒労感に打ちひしがれる。おまえの小説など甘ったるい贋物だという声が聞こえてくる。僕自身も、僕の作品も、この世界には決して受け入れられないだろうという諦念のようなものが抜き難くあって、それがずっと僕を苦しめてきました。それなのに今日も一日生き延びて、また小説を書いてしまう自分を、みっともないもののように感じていました。

寂しいとき、あなたは僕の小説を読むのだと仰ってくださいましたね。あの言葉だけで僕は小説を書いていてよかったと思いました。いえ、生きていてよかったとさえ思いました。僕自身のかわりに僕の小説があなたの孤独な夜に寄り添い、あなたのお心を慰めることができるのだとしたら、僕はそれだけで満足すべきなのでしょう。それ以上のことを求めるべきではないのでしょう。

でも僕はどこかで信じているのです。男とか女とか関係のない至純の愛がこの世にはあって、それはすべての愛の不可能性を超えるはずだと。いつの日か僕の気持ちがあなたに届いて、そんな愛で結びつくときが来るのだと。それを証明するために僕は小説を書き続けます。そしてあなたに捧げ続けます。

愛をこわがることはありません。愛はバンソウコウのようなものだし、高速道路のガードレールのようなものです。愛はタオルケットであり、食後のエスプレッソであり、梅雨の谷間の青空です。牧場で草を食む牛のようにのんびりとおおらかな気持ちで僕はあなたを愛します。あなたは喉が渇いたらいつでも僕の牧場に来て、コップ一杯のミルクをごくごくと飲み干せばいいんです。愛はおいしく、そして栄養満点です。

柳原さん、本当はあなたの中に誰よりも赤い血が流れていることを僕は知っています。あなたは本当は情の深い、とてつもなく過剰な愛の持ち主なのです。そうでなければただ美しいというだけで僕がこんなにもあなたに惹かれるはずがありません。あるいはまた、そうでなければあなたが僕の小説をそんなにも愛してくださるはずがありません。

あなたが不可能な愛のために泣くとき、僕もまたあなたへの不可能な愛のために泣くでしょう。あなたが孤独にふるえる夜は、僕はあなたを暖めるために小説を書くでしょう。僕の小説ではなく僕の手があなたを暖めることができたら。それが叶わぬ望みでも、あなたがただそこにいてくださるだけで僕は今日も小説を書くことができます。明日も、あさっても、いつまでも、永遠に。

この世は不可能な愛に満ちていますが、あなたを僕の前に連れてきて、僕に引き合わせてくれた神に僕は感謝しています。あなたは僕にとって神の恵み以外の何物でもありません。孤高の道をゆかれるあなたの後ろから、僕はいつでも見守っています。騎士のようにあなたの背後で控えております。騎士道精神とはこの世でもっとも美しいものです。

あなたに安らかな眠りがあるように。

僕の眠りにあなたの夢があるように。

深町遼」

この手紙は、わたしが深町遼から貰った唯一の手紙になった。わたしはこの手紙を六十回くらい読んだ。繰り返し繰り返し、暗誦するまで読んだ。そして二十回くらい泣いた。でも返事は書かなかった。何度も書こうとしたのだが、どうしても書けなかったのだ。

7

深町遼の作家人生は、傍から見れば順風満帆そのものだった。

半年ごとに一冊ずつ短篇集が出来上がっていき、三冊目の短篇集で深町は大きな文学賞を受賞した。受賞後は本の売り上げが五倍になり、会社は社屋も社員数もじわじわと大きくなっていった。殺到する執筆依頼を断るのは彼の窓口になっているわたしの役目だった。わたしは彼からあらゆるマネージメント業務——マスコミの取材対策、映画化権をほしがる映画会社との折衝、翻訳権をほしがる海外の代理店との折衝など——を任されていた。

一般的には作家はそこまで売れてくると、税金対策もあって事務所を設立し秘書を雇ったりするものだが、深町はまったく金銭には無頓着な男だった。というか、現実生活全般に対して無頓着だったと言っていい。うちの会社から徒歩二分のところに新築の分譲マンションができると、一度見ただけで最上階の角部屋を即決で買い求めてしまう。

「もっと郊外へ行けば同じ値段で三倍の広さの部屋に住めるでしょうに」

「狭いほうがいいんだ。それに僕の部屋の窓から柳原さんの編集部の明かりが見えるから」

それではグレート・ギャツビィではないかと思ったが、もちろんそんなことは言わなかった。

「僕が死んだら、著作権の管理も頼みます」

と言われたときにはさすがに、

「順番からするとわたしのほうが先ですよ」

と断った。

「だいいち著作権というものはご遺族に渡るものですから」

「結婚してなくて子供がいない、僕みたいな作家はどうするの？」

「ご兄弟とかご親戚とかに渡るんじゃないですか」

「僕、一人っ子だよ。親も一人っ子同士だったから、とくに親戚っていないんだ。それに両親とのあいだもうまくいっていないから、親にだけは渡ってほしくない」

「いずれ結婚して子供ができるでしょう。深町さんはまだ若いんですから」

「僕はあなたとしか結婚しません。もしあなたがしてくれればの話だけれど」

「百本書いたらわたしは四十歳ですよ。子供はいくら何でも無理ですね」

「じゃ、僕の著作権はあなたの会社に差し上げます。僕が死んだら、あとはよしなに」

あとになってわたしは、この言葉の証文を取っておかなかったことを会社から糾弾されることになった。でもわずか二十三歳の健康な青年からそんなことを言われても、誰が現実味を帯びた話として受け取ったりするだろうか。

ともかく万事がそんなふうだから、わたしが彼のために費やす時間と労力は他の作家に比べて圧倒的に多かった。深町は小説を書くこと以外には一切何もできない男であり、煩わしい雑用はすべてわたしに押しつけて、ひとりで「バベルの塔」と呼ぶ九階の仕事部屋にこもっていた。その部屋に入室が許されているのはただひとりわたしだけだった。

わたしは原稿を受け取ったり、ゲラを届けたり、刷り上がった見本を真っ先に見せるときなどにその部屋に足を踏み入れた。

正直に言おう、わたしはその部屋に入るのがこわかった。彼と密室で二人きりになることがこわかったのでは無論ない。その部屋に流れている独特の空気——乾いた、禁欲的な、刺すような空気——に触れることがこわかったのだ。その部屋にいるとわたしはいつもヴァン・ゴッホが描いた一枚のおそろしい絵を思い出した。それは質素な寝台と小さな机があるだけの自室アトリエの絵で、わたしはその絵を見ていると必ず寒気がして恐怖のあまり叫び出したくなるのだった。もしあの絵のような、正気と狂気がぎりぎりのところでせめぎあっている狭間のような空間に自分が身を置いたなら、おそらく数分で発狂するだろうとわたしはいつも思っていた。そしてまさに深町の仕事部屋にはあの絵と同じ空気が流れていたのである。

だがどんなに順調なときにも、破調は目に見えないところから食い込んで、次第にほつれの範囲を広げていく。

最初の危機は五年目にやって来た。

満を持して長篇連載を開始してから五ヶ月がたち、あと一回分で完結というときに悲劇は起こった。

「最終回のお進み具合はいかがでしょうか？」

といつものように様子伺いの電話をかけようとしたのだが、何度かけても電話に出ない。すでに校了ははじまっており、最終的な入稿の期限まであと三日しかないのでさすがにわたしも焦っていた。深町はめったなことでは締切りを遅らせる作家ではなかった。何の連絡もなくここまでずれ込んだのは初めてだったが、これまでの一話完結の短篇と違い長篇の最終回ともなるとやはり思い通りにいかないのだろうかと、わたしのほうでもできるだけ催促は遠慮していたのである。

「一週間ほど前に道ですれ違ったときには、執筆は快調だって仰ってたよ」

編集長も窓から彼のマンションを眺めてはそれとなく気にしているようだった。

「電気はずっとついてるみたいだな。根を詰めすぎてぶっ倒れてるのかもしれないな。柳原くん、寿司折りでも持って覗いてきなさい」

「でも、乗ってるときに邪魔するとすごくこわいんですよね」

「そんなこと言ってる場合じゃないだろう。もし倒れてたら病院連れてって点滴打たせながらでも書いていただかないと。落とすわけにはいかないんだからな」

彼は決して頑強な男ではないが、虚弱体質な人間ほど意外に倒れないものだ。わたしはそう思って彼の健康を過信していたのかもしれない。

急に心配になって駆けつけてみると、玄関の明かりまでが煌々(こうこう)とついているのに何度チャイムを鳴らしても応答がない。だがわたしには彼が室内にいることがはっきりとわかった。かすかにポストホルン・セレナーデの、あのアンダンティーノが聞こえてくるのだ。エンドレスでアンダンティーノの部分だけが繰り返し流れているのだ。

「深町くん！　深町くん！　いるんでしょ？　開けなさい！　わたしッ！　柳原ッ！」

狂ったようにドアをたたきながら、いやな予感が全身を駆け巡る。なぜだろう、高熱を出して寝込んでいる彼の姿ではなく、手首から血を流して死んでいる彼の姿ばかりが浮かんでは消える。そういうところのある小説であり、そういうところのある男だったのだ。自分の命を食い散らしながら書いているようなところがあった。そうでなくてはあんなに美しい小説が書けるわけがない。

「ちょっと待ってよ……わたしより先に死んだら、許さないからねッ！」

わたしは管理人室へ走り、事情を話して合鍵を借り、ふるえながら九〇一号室の中に入った。アンダンティーノがフルボリュームで響き渡るバベルの塔には酒瓶と錠剤がいたるところに散らばって、整頓好きの彼からは想像もつかない乱雑ぶりだった。机の上には書きかけの原稿がきちんと重ねられ、その隣には続きが書かれるのを待つ白い原稿用紙が整然と並んでいた。深町遼はバスルームの浴槽のなかにいた。湯の張られていない空の浴槽のなかで、服を着たまま胎児みたいに体を折り曲げ、獣のように低く呻きながら泣きじゃくっていた。

「どうしたの？　何があったの？」

「死なれたよ。首を吊られた。今度は本当にやりやがった」

「誰がッ！」

　彼が以前婚約を破棄した元恋人が数日前に二度目の自殺を図り、今度は本当に死んでしまったのだという。ずっと音信不通だったのに、首を吊る前にわざわざ電話をかけてきて、彼にさよならを言ったという。

「その日は命日だったんだ。生まれなかった僕たちの子供の。僕の心変わりのせいで彼女が殺した哀れな水子の。だから、母と子は同じ日に死んだんだ。僕がふたりを殺したんだ」

　何日間、彼はここでこうしていたのだろう。酒もクスリも限界まで摂取してぼろぼろになってはいたが、意識はまだしっかりとしているようだ。髭が伸びている。目が腫れている。Tシャツに吐いたあとがある。よく生きていてくれた、とわたしは彼の頭を撫でてやりたくなった。でもその前に正気を取り戻させなくてはならない。

「立派な小説家になってね、って。それが最後の言葉だった」

「だったら、立派な小説家になってみせなさい。しっかりしなさい。最後までちゃんと長篇を書きなさい！」

「書けないよ……見ちゃったんだよ、遺体……書けるわけがないよ」

「あと何枚残ってるのッ！」

「ごめん、勘弁して……無理だよ……あと二十枚くらいあるんだよ……僕には書けない」

わたしは深町の頰を打ち、水のシャワーを出して頭から浴びせた。

「何するんだよッ」

「さあ、目が覚めたでしょ。あと三日しかないのよ。書くのよ。読者が最終回待ってんのよ。あんた作家でしょ？　作家なら親が死のうが女が死のうが書きなさい！」

「ゆるして……もう書けない……僕が殺したんだよ……そんな人間に小説書く資格なんかないんだ……生きる資格だってない……もう何もかもいやになったよ……書いても書いてもあなたは僕を愛してくれない」

深町は身をふるわせて号泣した。わたしが手を差し伸べなかったらこの男は死んでしまうだろう。良心の呵責に耐えかねて恥ずかしさのあまり舌を嚙み切りかねないだろう。たとえ生き延びたとしても表現することをやめてしまうだろう。そんなことになったら、わたしは津久井に殺される。いやそれよりも、自分で自分を許せない。

「しっかりしなさい。百本まであと五十一本じゃないの。もう半分まで来たじゃないの」

わたしはふるえる男を抱きしめた。深町はわたしの腕の中でもっとふるえた。

「あなたが好きだ……誰を殺してもあなたがほしい……」

「わかってるから。だから、わたしのために続きを書いて。お願いよ」

「書きたいけど、もう力がないいんだよ。もともと才能なんてないんだ。僕はね、からっぽなんだよ」

「大丈夫。あなたにはわたしがついているわ」

それがわたしに言える最上級の愛の言葉だった。深町が近づけてきたくちびるを、わたしはよけることなく受け止めた。一度だけ。そう、たった一度だけ彼と交わしたくちづけだ。

「この続きは、百本のあとで」

キスとは何と不思議な威力をもっていることか。その瞬間に深町の目に生気が宿り、背筋がしゃんとしたのである。わたしはそれを見逃さなかった。ずぶ濡れの男を引き摺って浴槽から出し、バスタオルでごしごし拭いてから、机の前に座らせた。彼の体は紙切れのように薄く、そして軽かった。そのあまりに頼りない体重にわたしは戦慄したが、今は心を鬼にしなければならない時だった。

「さあ、書くのよ。今、熱いお茶を淹れるわ。おなかが空いたら寿司もある。あなたの好きな穴子とコハダと蒸し海老とかっぱ巻きが入ってる。ラスト二十枚が小説のすべてを決めるのよ。大丈夫、あなたには書ける。わたしがついているんだもの」

「だいじょうぶ。だいじょうぶ。僕には書ける。僕には書ける」

彼はわたしを見つめてうわ言のように繰り返した。

「そうよ。あなたにはわたしがついている」

「僕にはあなたがついている」

深町は暗示にかかったようにペンを握りしめた。目を閉じ、深呼吸して、目を開けた。

そこにはわたしのよく知っている、わたしの好きな作家の顔があった。

「ひとりにしてくれ」

と、彼は言った。

いくら深町がストイックで一途な男でも、女遊びくらいはして当然ではないかとわたしは思う。男にとって（あるいは女にとっても）愛と性欲は別物であるという考え方があることも知っている。深町がわたしのことを想いながら他の女を抱いていたからといって、それはわたしとはまったく関わりのないことである。むしろそのほうがわたしとしては気が楽だった。そういう女たちがいてくれたことをわたしは彼のためによかったと思っている。

作家がひとつの作品を仕上げるときの集中はすさまじく、極度の緊張を癒すためにセックスはとても有効なものなのだろう。深町はわたしとはそういう話は一切しなかったが、編集長とはたまにすることがあったらしい。深町がつきあうのはおもに銀座の文壇バーの女で、ひとりと長く続けることはなく、純粋なセックスフレンドとして割り切れる相手だけを選んでいたようだ。

だが自分から気持ちを移すことはなくても、体を重ねていけばうっかり相手に惚れられてしまうことはよくある話である。破調はそこからもやって来た。深町にはいささか女難の相があったのかもしれない。

「あなたが柳原さんですか。遼ちゃんのミューズの」

別の作家のお供でその店に行ったとき、席についたホステスさんにすごい目で睨みつけられたことがある。その作家がカラオケを熱唱している合間に、ぴったりと顔をくっつけてきたのだ。

「遼ちゃんの小説に出てくるいい女はみんなあなたがモデルなんですってね。なるほどねえ。本当にきれいなひと」

「ミューズだなんて。わたしはただの担当ですよ」

「あなたがいるから遼ちゃんは他の出版社で書かないんでしょう。それってすごいことですよね。遼ちゃんみたいな作家にそこまで愛されるのって、どんな気持ちのするものですか？」

絡まれている。妬まれている。いや、はっきりと憎まれている。ひとりなら席を立つ

ことも できるが、作家の手前そういうわけにもいかない。

「信頼していただいて、有り難いことだと思います」

「でも遼ちゃん、最近いつも言うんですよ。小説なんか書きたくないんだって。苦しくて苦しくてたまらないって。あたし、かわいそうで見てらんないの。ひとつ書くたびに彼、げっそり痩せるんですよ。あたしは彼と裸のおつきあいしてるからよくわかるの。服の上からだとあんまりわかんないけど、胸とかお腹のあたりなんてもうペチャンコになってんの。まるで体重が全部文章に化けたみたいにね。ほら彼って書いてるときは食べなくなるし眠れなくなるみたいだし。そんなにつらいならやめればいいじゃん、あたしが養ってあげるからって言ってもね、金のために書いてるんじゃない、約束のために書いてるんだ、って。ねえ、遼ちゃんと一体どんな約束したんですか？　あたし、柳原さんに会ったらずっと訊こうと思ってたんですよね」

「それは言えません」

「このままあんな調子で書き続けたらそのうち死ぬと思うんですよね。病気になるとかじゃなくて、体重が文章に化けるから石鹸みたいにどんどん磨り減っていって、最後には何もなくなっちゃう。そういうのあなた平気ですか？　編集者ってホント、作家の血を吸う蛭みたい」

その通りだ。わたしは蛭だ。彼の生き血を吸って生きている。でもそれを作家本人に言われるのならともかく、関係のない赤の他人に言われたくはない。

「そんなに深町さんのことが心配なら、あなたがそばにいて世話をしてあげればいいじゃないですか。食事を作って食べさせたり、マッサージしたり、セックスして眠らせてあげたり、彼にはそういう女性が必要なんだと思いますよ」

「書いているときの彼に会えるわけないじゃないですか。部屋に入れてもらったこともないのに。書き終わったらホテルに呼び出されてセックスしてそれでおしまい。いつもそう。基本的に誰も必要としてないのよね。自分にはひとりの編集者とたくさんの読者がいればそれでいいんだって、よく言ってる。友達も恋人もいらないんだって。あたしとは体だけ。でもあたしはそれでもいいの。ただ、彼を少し楽にしてあげたい。あばら骨の浮いた男を抱きしめるのって、それはそれは悲しいものよ。これ以上彼の体重を奪わないでほしいの」

　そう言われても、わたしに何ができただろうか。作家に小説を書かせることがわたしの仕事であり、どんなに苦しくても書かずにはいられないのが作家の性（さが）というものだろう。それは他人にとやかく言える筋合いのものではない。

「あたし、一緒に死ねますよ、彼と」

　女は挑むような目で言った。

「何言ってるんですか」

「あたしを抱いてるときにね、時々、殺してほしそうな顔するんですよね。きっと楽になりたいんだろうなあ。どんなに有名でも、お金があっても、人間あんな顔見せたらおしまいですよね。あなたにも見せてあげたいわ。あの顔見たら、原稿の催促なんてできなくなるわよ」

「心中なんて、悪い冗談やめてくださいね」

「あなたに勝つには、それしかなさそう」

うまい具合にカラオケがそこで終わり、わたしは彼女の詰問から解放された。いやな後味が残ったが、日々の忙しさにまぎれ、そのときのことは忘れてしまった。

深町とそのホステスが無理心中を図ったのは翌月のことである。

いや、心中未遂とは新聞が使った言葉であり、実際には彼が女に殺されかけたのだから殺人未遂という言い方が正しいだろう。酒のグラスに睡眠薬を入れられて眠らされているあいだに彼女が旅館のガスストーブの栓をひねったのだ。

幸い発見が早くて二人とも命に別状はなかったからよかったものの、深町はそれから激しい無気力に陥って、しばらくのあいだ何も書けなくなってしまった。

「ほら見ろッ！ ナイチンゲールのような愛だと、こういうことが起こるんだよッ！」

知らせを聞いて病院に駆けつけると、津久井が先に到着していて、わたしを見るなり一喝した。

「どうして津久井さんがここにいるんですか？　誰がわたしより先にあなたに知らせたんですか？」

　わたしは怒りを剝き出しにして津久井に食ってかかった。本当は女に、深町を連れて行こうとした女にぶつけるべき怒りを、見当違いだとわかっていながら津久井にぶつけずにはいられなかった。

「こんなときに、てめえのメンツなんか気にするんじゃねえよ」

「死んだんですか？」

「大丈夫だ。どっちも助かった」

「ああ……」

　わたしは脱力して病院の廊下にへたり込み、ぽろぽろ涙をこぼした。ああ、ああ、ああ、と声にならない声をあげて、ひたすら泣いた。津久井は無言でハンカチをよこして、わたしの肩をぽんぽんとたたいた。

「まいったな。おまえでも泣くのか」

「見なかったことにしてください」

「あいつの前で泣いてやればよかったのに」

「そういうわけにはいきません。わたしはこれから彼の弱さを叱らねばなりません」

　わたしは大急ぎで涙を拭いた。

「叱るって……おまえはあいつの母親か？」

「ガス栓ひねるなんて、もし大事な脳に後遺症でも残ったら取り返しがつかないわ」

「それはあいつのせいじゃないだろ。女が勝手にやったことだろ」

「彼と死にたがっている女といつまでもずるずるつきあって、ガス栓のあるところに泊まるなんて、そういうつけこまれ方をする彼の弱さが許せないんです」

「おまえなあ」

津久井はあきれてため息をついた。

「とりあえず無事だったんだ。こういうときは俺だってもうちょっとやさしくしてやるぜ」

「今月の原稿は落とすことになるでしょう。この五年間、一回も欠かさずに毎月原稿を載せてきたのに」

「たまには休ませてやれよ。作品に疲れが滲み出てるぞ」

「質が落ちているとでも？」

「そうじゃないが、最近のは読んでてこっちまで息苦しくなるよ。こいつはどこまでいくんだろう、何が悲しくてそんなに書き急ぎ生き急ぐのか、見ていてつらくなるんだよ。普通は作品とともに成熟していくのに、深町の場合は処女作の危うさがどんどん拡大していってる感じだ。おまえはそう感じないか？」

「純度がどんどん高くなっていってるとわたしは思います。それも一種の成熟ではないでしょうか」

「このままじゃ大人の読者が離れてしまうぞ。それにあいつ自身だって身がもつまい。深町はしんどいところに来ちまったな」

わたしの舵取りが間違っていたと、津久井は言っているのだ。挙句の果てにこんなスキャンダルまで起こされて、新聞ネタになって、不用意に読者を失いかねない失態を招いたのもわたしが至らなかったせいだと、津久井は責めているのだ。これにはこたえた。心中未遂事件そのものの痛手よりも、こっちのほうがわたしにはこたえた。

深町が何も書けないでいるあいだ、わたしは一度も原稿を催促するようなことは言わなかった。映画や歌舞伎に誘ったり、海へドライブに連れ出したり、とにかく彼をあのバベルの塔から少しでも引き離すことだけを考えていた。深町は本も読めなくなった。いつもぼんやりとした表情を浮かべて、わたしを見てもあまり笑わなくなった。

感じすぎる心が何も感じなくなるほどに彼は疲弊し、わたしを待ちくたびれていたのだろうか。好きでもない女に殺されてもいいと思うほど、彼は絶望していたのだろうか。ガスの甘い香りのなかで息を吹き返したとき、彼はわたしとの約束を思い出しただろうか。そのとき彼は再び目を閉じて死のほうへ行ったのか、それとも目を開いて生のほうへ手をかけたのか、そのどちらだったのだろうか。

8

わたしに異動の話が持ち上がったのは、深町が長いスランプからようやく脱しつつある矢先の七年目のことである。会社勤めをしている以上、それはいずれやって来るはずのものであり、避けられないことであったとはいえ、わたしにしてみればまさに青天の霹靂(へきれき)であった。

「女性誌を立ち上げる。きみに編集長を任せたい」

社長に珍しくランチを誘われて入った蕎麦屋で、いきなり言われた。

「きみは長いあいだ本当によくやってくれた。文芸誌を軌道に乗せ、並行して書籍を作り、何冊ものベストセラーを手がけて、会社の基盤を作ってくれた。おかげでうちもいよいよ総合出版社としての新たなスタートを切ることができる。これからは文芸だけじゃ生き残っていけない。まもなく女性誌の時代がやって来るだろう。これは社運を賭けたプロジェクトだ。きみがこれまで培ってきた作家たちとのコネクションも生かせるし、幅広い知識や教養も求められる。きみにはうってつけのポストだと思う」

「それならわたしより適任者がいるのではないでしょうか」

「不満かね。編集長だよ」

正直に言って不満だった。わたしは小説の仕事が好きなのであり、そちらのほうによリ適性を発揮するタイプなのだ。女性誌には女性誌ならではのやりがいがあると思うが、自分には向いていない。いくら編集長になって給料が上がっても、仕事としては面白くない。

「わたしに小説の現場をはずれろと仰るんですか？」

「きみもそういう立場の年齢になってきたということだ。若手を育ててほしいんだ。きみの編集者としてのノウハウを、会社の財産として後進に引き継いでいってもらいたいんだよ」

「ですが、わたしが今担当してる作家との信頼関係はどうなりますか」

「きみとの信頼関係は、イコールうちとの信頼関係となって引き継がれていくだろう。それが出版の仕事というものだ。担当が代わったからといってうちでは書かないなんて作家、いないんじゃないかね」

「ひとり心当たりがあります。うちにとっては大変重要な作家です」

「深町遼か」

社長はやれやれといったふうにため息をついた。

「ここ一年ばかり書いてないようだが」

「まもなく復帰できると思います。ずいぶん元気になってきましたし、新しい長篇の構想もまとまってきたと聞いています」

「彼の新作は若手に任せて、きみは新雑誌で深町遼のエッセイでも手がけてくれ」

「彼はわたしでないと新作を書きません」

「結構な自信だな。作家が行き詰まったときは思いきって担当を代えるのもひとつのやり方だよ。きみはいささか長く深町遼のそばにいすぎたんじゃないかね」

「彼が書けないのはわたしのせいだと仰っているように聞こえますが」

わたしはほとんど喧嘩腰で社長に嚙みついていた。彼が再びペンを執ろうとしているこんな大事なときに、会社の都合で担当をはずされるのはいやだった。どうしてもいやだと思った。

「きみが深町遼にかける時間と手間と情熱は、あきらかに一編集者としての範疇を逸脱している。彼ひとりに五人ぶんくらいのエネルギーを費やしている。彼を特別扱いする気持ちはわからなくもないが、きみにはもっとやらなくてはならないことがあるはずだ」

「彼の作品はうちだけが独占しているんですよ。彼には特別扱いされるだけの権利があると思います」

「もちろん彼は特別な作家だった。だが一年前のスキャンダルとそれに続くスランプのおかげで、彼の価値は半減してしまったんだ。読者とは実に残酷なものだ。十代二十代の潔癖な女性読者は、憧れの作家がホステスと心中事件を起こしたことが許せなかったんだ。裏切られたような気がしたんだろうね。未遂に終わらず本当に死んでいれば、逆に彼の価値は高騰しただろうがね。読者というのはそういうものさ」

社長の言う通りだった。あれ以後売り上げは落ちているし、国語の教科書に使われることもなくなった。ファンレターよりも不謹慎だという抗議の手紙のほうが多くなった。無頼を売り物にする作家なら、それでもスキャンダルが宣伝材料になったのかもしれない。だが深町遼が売り物にしているのは青春であり、潔癖であり、透明感なのだ。女の子たちが彼の本を手にしてその名を熱く語るとき、そこにはある種の聖性が必然的に求められてしまう。穢れのない小説を書く作家に穢れがあってはならないのだ。

「だからこそ、わたしは次の作品で大々的に彼のカムバックを謳いたいんです。次の作品で深町遼の真価が問われるんです。これまでのどの作品よりも次の作品が大事なんです。お願いです、社長、女性誌の編集長をやれと仰るならやりますから、彼の担当だけははずさないでください」

「なぜそんなに入れ込むんだね？　彼より売れる作家がどんどん出てきてる。今やうちは深町だけでもってる出版社じゃない。ひとりの作家だけにのめり込んでいられる優雅な時代は終わったんだ。きみにはもう会社全体のことを考えてもらわないと困るんだよ」

「どうしてもだ。わたしがこうして頼んでる」

わたしはこの社長が好きだった。編集のイロハをすべて教わった。四人で机を並べていたときから、よく一緒に蕎麦を食べた。ゲラを読みながら、編集会議をしながら、事務所の引越しをしながら、徹夜で発送作業をしながら、会社を大きくする夢を語りながら。彼は夢を叶えたが、ここでわたしがイエスと言ってもノーと言っても、もう一緒に蕎麦を食べることはないだろう。蕎麦を食べるとあの頃のことを思い出すから、わたしがひとりで蕎麦を食べることもないだろう。

「それでは、辞めさせていただくしかないですね」

「おいおい、柳原くん」

「あれしきのことで深町遼を見限るような会社にはとてもいられませんから」

「そこまで惚れるか」

「申し訳ありません」

社長はため息をついて蕎麦湯を啜った。煙草に火をつけ、しばらく言葉を探したあとで、眉間に困惑の色を浮かべて言った。

「きみたちはあれか、いわゆる男女の関係なのか？」

「そういう噂があるようですが、違います」

「こういう噂もあるぞ。深町遼はきみとできているという噂を打ち消すためにあんな事件を起こしたんだ、と。きみに迷惑をかけないために」

「まさか……そんな」

「きみに片思いしてる作家なら他にもたくさんいるだろう。彼もそのひとりに過ぎないなら、きみが彼のためにそこまでする理由がわからない。今日のきみの態度を見ていると、きみたちは気が狂うほど愛し合っているように見えるがね」

わたしはその言葉にショックを受けた。そしてなぜかほとんど泣きそうになった。でもくちびるを噛みしめて、涙をこらえた。

「結果的に彼がいい仕事ができるなら、わたしは何と言われようと構いません」

「辞めてどうする」

「そんなことわかりません。たった今口にした言葉ですから」

「よそへ移るのは絶対に許さん。きみはうちの宝だ。かけがえのない存在だ。どこにも渡しはしない。だが、深町と結婚するっていうんなら許してやる。フリー契約にして彼の本だけを作らせてやる。そこまで惚れ込んだ作家なら、公私ともにそばにいて一生面倒を見てやるといい。そういう例はいくらでもある」

「社長は、怒ってらっしゃるんですか？　それともわたしのことを心配してくださってるんですか？」

「両方だ」

顔は怒っていた。口調は案じていた。わたしはまた泣きそうになった。

「きみはわたしを怒らせた。簡単に辞めると言ってくれたな。経営者として実に情けないよ。この十六年間のあいだにきみと一緒に食べてきた蕎麦は一体何だったんだ？　大晦日も仕事して、年越し蕎麦まで一緒に食べたの覚えてるか？」

わたしは頷いた。その途端にたまっていた涙がツーとこぼれ落ちた。

「ワンルームの事務所のキッチンで、わたしが蕎麦を茹でて、きみがつゆを拵（こしら）えて。返本の山の中でみんなで食べたっけな。大変だったけど、あの頃が一番楽しかったなあ」

「ええ、楽しかったですね」

「柳原くんには幸せになってほしいんだ。いつまでも独りでいられちゃ、何となく後ろめたいんだよ」

「お気持ちは嬉しいのですが、わたしは誰とも結婚するつもりはありません」

「なぜそんな悲しいことを言う」

職場の上司に本当のことなど言えるはずがない。自分は男を愛せない女なのだと、求めているのは男ではなく女なのだと、それだけは口が裂けても言えるはずがない。求めても得られないものはいつしか求めなくなるものだ。わたしはこうして諦めてきたのだ。愛という言葉を自分の辞書から葬ってきたのだ。そうして独りで生きることに決めたのだ。

「仕事をしていればわたしは幸せなんです。深町さんとはあくまで仕事上のパートナーとしておつきあいをしていきたいと思っています」

「もういい。これ以上わたしを怒らせないでくれ」

社長は怒って席を立ってしまい、この話はそこで打ち切りになった。それからしばらく社長は口をきいてくれなかった。異動の内示も、解雇通告も来なかった。つまりわたしはわがままを通してしまったことになる。

そのときの蕎麦が、社長と最後に食べた蕎麦になった。わたしはもうランチに呼ばれることはなかった。わたしが深町遼のために昇進の話を蹴ったことは、またたくまに社の内外に広まった。この件に関していいことがひとつだけあったとすれば、深町がどこからかこの話を耳にして執筆への意欲を猛然と取り戻してくれたことである。

社長とのあいだに残ってしまったわだかまりは、わたしの社内での立場を微妙に変化させていき、数年後に決定的な溝となってぶり返すことになった。でもその代価として深町が再び書きはじめ、新しい長篇をものすることができたのだから、安いものだったとわたしは思っていた。約束の百本まであと四十本、深町二十七歳、わたしが三十九歳の春のことである。

それからの三年余りの年月は、わたしの人生のなかで最も安らぎに満ちた日々だった。社内の出世コースからはずれ、文壇内の競争にも興味をなくした途端に真の安らぎが訪れるとは思えば皮肉なことである。この作家をどうやって売り出そうとか、この本の部数をどこまで伸ばそうとか、わたしはそんなことばかり考えて仕事をしてきた。数字がすべてで、結果を出さなければ発言力もなくなり企画も通せない、存在価値のない編集者になってしまうと思っていた。売れなくても良書をつくる同僚を心のどこかで下に見ているようなところがあった。

しかし、女性誌とはいえ編集長という椅子を自分が何の未練もなく蹴ったとき、わたしは自分が思っていたほど野心的な人間ではないことに気づいた。金のために書いてるんじゃない、という深町の言葉が初めて理解できたような気がした。わたしが彼の本を作り続けてきたのは、彼が売れるからではなくて、ただ彼の本が好きだったからだ。そんな当たり前のことを、わたしは社長と喧嘩しながら今さらのように思い出したのだ。

深町の本が以前ほど売れなくなっていることについても、わたしは不思議なほど焦らなくなった。

「柳原さんには悪いけど、僕はそんなに売れなくていいんだ」

と、彼はむしろホッとしたように言う。

「売れてたときは、世の中に対して詐欺でもしてるみたいな気分だった。こんなはずはない、絶対におかしいっていつも思ってた。あの事件で読者が離れてよかったと思う。本当の読者だけがあとに残って、僕はとても気が楽になった」

「読者が離れたのは一時的なものだと思いますよ。きっといつかまた戻ってきますよ。深町さんの小説を必要としてる読者はいつの時代にも必ずいるんです。それも切実にね」

「もしそうだったらどんなに嬉しいだろう」

「そうですとも。わたしが保証します」

「僕はやっぱり小説を書くことが好きだよ。これからは少し楽しんで書けると思う。たっぷり休んだからね。待ち時間はそのぶん延びたけど、休んでよかった。あと四十本、またよろしくお願いします」

深町はおそらく初めてわたしに向かって頭を下げた。この一年のあいだに彼がどんなに苦しんでいたか、小説から逃げて逃げまくり、それでもなお引き寄せられて、のたうちまわっていた彼の地獄がほんの少しだけ透けて見えたような気がした。

復帰第一作となった長篇の一回目の原稿を読んだときのことは忘れられない。わたしが読み終えるのを待って自ら淹れてくれたお茶を手渡すとき、彼の手はふるえていたのである。

「どうでしたか？」

「深町さん、大人になられましたね」

「駄目ですか？」

「駄目なものですか。一年のブランクなんて微塵も感じさせません。主人公がこれまでのものと比べてとても成長しているというか、大人になった感じがします。世界がゆるやかにひろがっていて、でもそれは緊張感がなくなったという意味ではなくて、器が大きくなり許容量が増えたということです。新境地がひらけたと言って差し支えないと思います。これからどこまで深町遼という作家が化けるのか、本当に楽しみになってきました」

わたしはこの言葉よりもっと驚いていた。そのうまさに度肝を抜かれた。でも彼はうまいと言われることを好まないので、褒めるときには気をつけていた。

深町はいつのまにこんなにうまくなったのだろう。何も書けない時期にさえ作家は成長する。書けなくなることによって大きなものを得ることがある。彼の中の空洞に雨垂れのように何かが溜まって、ある日マグマのように噴き出してくるのだ。空洞が深ければ深いほどマグマの分量と放出のエネルギーはすさまじく、作品の質を変えてしまう。まさにそのことを目の当たりにしたような体験だった。

「満足してくれましたか？」

「はい、とてもとても」

「それはよかった。僕は思うんだけど、僕の人生ってあなたを満足させるためだけにあるみたいだ」

「それはイコール読者を満足させるためということですよ。わたしは一等最初の読者なんですから。わたしの目をクリアすればどんな読者だって大丈夫です」

「そういうことじゃなくて。僕はただあなたの喜ぶ顔が見たいんだ。それ以外のことは何も考えてない。シンプルな人生」

シンプルな人生ならわたしも生きている。彼と過ごした最後の三年間がそうだった。毎月定期的に原稿を受け取り、雑誌に掲載し、たまれば単行本にする。そしてそれを必要とする読者にだけ届ける。必要以上に売ろうとしなくなったことでわたしの社内的な立場はいっそう悪くなっていったが、もうわたしの知ったことではなかった。わたしは泰然と仕事を楽しんでいた。深町が泰然と楽しみながら書いていたように。初版部数は抑えられる一方だったが、わたしも深町も気にしなかった。賞も数字も書評も気にしなかった。わたしたちにはいい仕事をしているという自負があり、互いに相手の満足した顔を見られればそれで充分だったのだ。

9

それなのに、なぜ神は自ら選んだしもべをなおも鞭打たねばならなかったのだろうか。深町遼のなかに再び濃い闇がたちこめてきたのは、作品の数がついに九十本を超えたあたりのことだった。これ以上はもう書けないかもしれない、これが最後かもしれない、と一回ごとに青ざめた顔で言うようになった。

「いつもそんなことを言って、結局はちゃんと書いてくださるじゃないですか。わたしは心配してませんよ」

そうは言ったが、彼の憔悴の仕方は普通ではなかった。一本書き上げるたびに病院へ連れて行って点滴を打たせなければならなかった。食べ物を口にすると吐いてしまい、栄養失調と神経衰弱がぎりぎりのところまで彼の肉体と精神を蝕んでいたからだ。

「残りのあと八本を書くのに、どれくらいかかるだろう。僕の命がもつだろうか」

「ここまできて、あと一息なのに、みすみすまたスランプに突入するんですか？　わたし、おばあちゃんになっちゃいますよ」

「すっからかんなんだよ。もう文章なんて一行も書けない。原稿用紙を見つめていると脂汗が流れてきて、三十分もしないうちにシャツを取り替えなきゃいけないくらいなんだ。それからふるえがやってくる。手がふるえてペンが持てない。幻聴も聞こえる。首を吊った昔の恋人が僕を呼ぶんだ。柳原さんとだけは一緒にはさせないって、僕を連れて行こうとするんだ」

「わかりました。じゃあ、ちょっと休みましょう。無理することありません。深町さんがまた書きたくなるまで、わたし待っていますから。ゆっくりやりましょう」

「駄目だよ。僕はもう三十歳になってしまった。四十二歳のあなたは美しいけれど、三十歳の僕はひどく醜い。まるで老人みたいだ。これ以上満願を遅らせたら、あなたを抱くこともできなくなってしまう。早く、早く、あなたを僕のものにしなければ」

深町はあきらかに分裂しかかっていた。あまりにも長く待ちすぎたものがようやく目の前に近づいてきたとき、人間は喜びよりも先に恐怖に陥ってしまうのかもしれない。自分は本当にそれを手に入れられるのか。手に入れた瞬間に色褪せはしないか。手に入れたら案外とつまらないものだったので落胆のあまり死にたくなりはしないか、と。

「深町さんは満願がこわいのでしょう。わたしを抱くのがこわいのでしょう」

「いざそのときがきたら僕は嬉しくて気が狂うかもしれないな。きっと正気ではいられない。そう、あなたを抱くのは少しこわい。僕の小説のように僕のからだがあなたを満足させてあげられるかどうか、自信はないよ」

「セックスなんてどうでもいいじゃありませんか。わたしは男性のからだに満足することはないのですから」

「そうか。あなたは男が嫌いだったね。それでも僕はあなたをこの手で抱かずにはいられない。そのまま死んでもかまわない。いや、むしろそのまま死にたい」

満願を果たしたら、この男に抱きたいだけ抱いてほしいとわたしは思っていた。どう せ果たせるはずはないのだからと見くびってした約束ではあったが、わたしの気持ちは長い時間をかけてそう思えるようになるまでに変化していた。それはご褒美というよりは神聖な儀式のようなものだった。百本の捧げものをしてくれた男に次はわたしが捧げものをする番なのだ。わたしのからだが欲しいなら、わたしはからだを捧げよう。彼の小説を欲したわたしに彼が命を削りながら書き続けてくれたように。わたしのからだが彼の小説に匹敵する価値があるかどうかは別としても。

九十三本、九十四本、九十五本。彼は薬漬けになりながら書き続ける。九十六本。彼はついに血を吐いた。九十七本。作品は珠玉というほかはない。九十八本。贅肉を削ぎ落とした美の極み。どうすればこんな小説が書けるのか。そして九十九本。神が姿をあらわしている。この神品を前にして人はただひれ伏すのみ。ついにあと一本。しかしその一本が深町には書けない。

最後の半年はほとんど彼に会うことはできなかった。彼はひそやかな狂気のなかに棲んでいた。わたしはいつも編集部の窓から彼の部屋の明かりを眺め、今書いている、今は寝ているると見守るしかなかった。時々彼が窓を開けてわたしに手を振る。気がつくとわたしも大きく手を振り返す。バベルの塔のてっぺんからそんなふうにささやかな一日の挨拶を交わす。目と鼻の先に住んでいるのに、彼はとても遠いひとだった。手を振りながら時々電話で話をした。

「やあ、おはよう。いいお天気だね。今日はとても気分がいいんだ。あなたとピクニックにでも行きたいね」

「いいですよ。行きましょうか」

「行けたらいいのにね。僕はもう外を歩けない。僕のかわりにあなたがひとりで行ってきてください」

　という軽い会話を交わす日もあれば、

「今日のブラウスはきれいな色だね」

「そこから見えるんですか?」

「あなたには淡いピンクがよく似合う。百本目の原稿を取りに来るときはそのブラウスを着てきてください。そしてその下には黒の下着を」

「わかりました。お望みのままに」

「これまでの生原稿はまだ持ってる?」

「すべてわたしが保管しています」

「それも全部持ってきてください。床に敷きつめて、シーツでくるんで、褥をつくりましょう。その上で僕はあなたを抱きます」

という会話を夢見がちな声でされることもあった。

そうかと思うとひどく思いつめた声で電話をかけてきて、

「もし僕が人を殺して刑務所に入ったらどうしますか？」

「面会に行って原稿用紙を差し入れします。でも誰を殺したいんですか？」

「女を殺す夢ばかり見るんだ。あなたによく似た女を」

「わたしが……憎いんですか？」

「あなたは十年間にわたって僕の人生のすべてを支配した。百本目が書けなかったら僕の人生はただの無だ」

「書けますとも。書いてください。そしてわたしを抱いてください」

「駄目だ、とても書けない。最後の一本がどうしても書けない。僕はすべてを出し切ってしまった。あなたに捧げるものがもう何も残っていない」

「その一本は文学史に残る傑作になるでしょう。わたしはそう信じています。これまで数え切れないほどのスランプを乗り越えてきたじゃありませんか。もう書けないと言いながら書いてきたじゃないですか。地獄ならいくつも見てきたはずです。その一本を書くためにわたしとあなたは二人三脚でやってきたんです。そしてそれは最後の一本ではありません。それを書いたら次の物語がまた始まるんです」

「あなたは骨の髄まで編集者だね。おそろしいひとだ。そんな女に十年間も恋い焦がれてきた僕の骨は、紙とインクの匂いがするだろう。あなたの好きな原稿の匂いがするだろう。最後の一本は僕の骨で満足してくれ。僕が死んだら僕の骨を抱きしめてくれ」

と言って泣き出すこともあった。

深町はバベルの塔から一歩も外に出なかった。時々わたしと編集長が食べ物と薬を玄関先に届けたが、彼が扉を開けてくれることはなかった。扉の向こうからはもう彼の好きなあのアンダンティーノも聞こえてこなかった。


そしてあの日がやって来た。

あの日のことをわたしは一生忘れない。

わたしだけではない。それを見た者はおそらくいつまでも脳裏から消えないだろう。

「あれ、深町さんじゃないかなあ?」

異変に最初に気づいたのは、編集部の若い男の子だった。窓際のコピー機を使っているときにふと窓の外を見ると、マンションの九階の窓から男が紙切れのようなものを放り投げているところだった。その言葉に編集長が反応して窓辺に寄ってみると確かにそれは深町で、手を振っても気づかない様子で一枚ずつ紙切れを窓の下へ落としている。

「何やってるんだろう」

「書き損じの原稿でも捨ててるんですかね」

「書き損じの原稿ならくしゃくしゃに丸めてあるだろう。あんなことして、近所から苦情が来るぞ」

「ビラを撒いてるんじゃないですか」

「何のビラだよ」

「何か妙ですね」

編集長はわたしを手招きしてその光景を指差した。その紙の大きさはどれも均一で白く、ビラのように見えなくもない。

「変だと思わないか?」

ためしにわたしが手を振ってみると、深町はすぐに気づいて手を振り返した。距離があるので表情ははっきりとは見えないが、穏やかで落ち着き払っているようにわたしには見える。

「おい誰か手の空いてるやつ、ちょっと行って一枚拾ってきてくれないか」

窓辺には編集部の全員が何事かと集まりかけていた。紙切れはひらひらと弧を描いてゆっくりと地面に落下していく。それはあとからあとから雪のように降りかかり、ビルの谷間を覆い尽くしていく。

「ビラじゃないですよ、これ」

拾ってきた者がわたしにその一枚を差し出した。それは白紙の原稿用紙だった。何も書いていないまっさらの、彼がどうしても埋めることのできない桝目が涯(は)てなく続く、砂糖のように白く眩しい原稿用紙だった。

わたしと編集長は同時に顔を見合わせ、生唾を呑み込んだ。次の瞬間、わたしは弾かれるように受話器に手を伸ばしていた。ふるえる指で彼の電話番号を押す。だが彼は電話に出ない。

「あ、終わった」

と誰かが言う。ばらまくべき紙はどうやら尽きたらしい。わたしと彼は窓辺と窓辺で向かい合っている。まわりの者などいないように二人だけで見つめ合っている。彼はゆっくりと服を脱ぎはじめる。セーターを脱ぎ、シャツを脱ぎ、今度はそれを一枚ずつ窓の下に放りはじめる。ジーンズを脱いだところで編集部にざわめきが起こる。Tシャツを脱いでは捨て、靴下を脱いでは捨てる。トランクス一枚になると、彼の痩せこけた胸と腹と腕と脛が剝き出しになる。

「誰か止めろ。止めてくれ」

と編集長が叫ぶ。でも誰ひとり身動きができない。彼はついにトランクスに手をかけ、全裸を晒す。トランクスはスローモーションのように緩やかに窓の下へ落ちていく。それはまるで空中に投げ上げられた白い花が降下とともに花弁を開いていく幻想的な光景のようだった。

「狂ってる……一体何をするつもりだ」

そのとき彼がわたしに向かって、わたしだけに向かって微笑みかけるのがわたしにはわかる。彼はくちびるを動かして何か言ったように見える。

「何？……何て言ったの、深町くん」

問いかけるわたしの声が彼には聞こえたのだろうか。彼はもう一度わたしに向かって大きく手を振り、窓のへりに足をかけ、そのまま何の躊躇もなく真っ逆さまに落下していった。飛び降りたというより、紙切れのように風に乗って地面に落ちていったのだ。みんなの悲鳴がわたしには聞こえなかった。耳の奥で音楽が鳴っているように彼の小説の一節が、あの美しい旋律が、彼の命そのもののような文章が、とりとめもなくわたしのなかで鳴り響いていた。その残響を聞きながらわたしは眠るように失神した。

10

「わたしの話はこれでおしまいさ」

百合子が明けそめた空を眺めて静かに言った。

「あんたの聞いた伝説どおりだったかい？」

高丘は目の前にいるホームレスの老婆を抱きしめたい衝動に駆られながら、深くて濃い息を吐いた。三幕ものオペラを観終わったあとのような、長い旅から帰ったあとのような痺れと放心が頭の裏と体の芯に残っている。空が明るくなるにつれてワインの酔いは醒めていた。だが芳醇な物語がもたらしてくれた酔いはしばらく醒めることはなさそうだった。

「僕の聞いた話とは結末が少し違っていた」

「どんな結末だったんだい？」

「作家が飛び降りるのを見た女性編集者は、吸い寄せられるようにあとを追って飛び降りたっていう話だった。つまりほとんど心中みたいなものだったと」

ふん、と百合子は鼻で笑った。

「もしそうなら、わたしが今ここにいるはずないじゃないか。きっと誰かが伝説をロマンティックに脚色したんだろう」

「でも彼女だけ助かったのかも」

「助かるもんか。うちの編集部も九階にあったんだ」

「途中で何かに引っ掛かったとか」

「あんたは何かい、わたしがショックのあまりそのときの記憶をなくしてるとでも言いたいのかい？　そんなに心中だと思いたいのかい？」

「その可能性だってあるでしょ？」

「ないね。深町の熱烈なファンが何人か発作的に後追い自殺はしたがね。わたしが病院で目を覚ましたとき、わたしの体にはかすり傷ひとつついちゃいなかったよ。負ったのは心の傷だけさ。それも今やわたしの一部になってしまった」

まるで手で触れられる傷であるかのように、まだ生々しく血を噴き出している出来たての傷であるかのように、百合子は心臓のあたりを労るように擦ってみせた。

「それから百合子さんはどうしたの？」

「仕事をやめたよ。精神を病んでいる作家に無理やり原稿を催促したせいであんなことになったって、社会的なバッシングもひどかったしな。彼の著作権を継承した父親がそのことでうちを逆恨みして、版権をすべて引き上げて他社に移してしまったりしてな。それだけならまだしも、会社を相手どって損害賠償を求める裁判まで起こされたもんだから、会社の受けたダメージは大きかった。さらに運の悪いことに、死んだあとで深町遼の真のブームがやってきたんだ。わたしは会社の重役どもから魔女裁判にかけられるようにして八つ裂きにされたよ。社長はわたしを庇うどころの騒ぎじゃない。それまでの鬱憤も溜まっていたんだろう、ほとんど馘だった」

「別の会社に移ってもう一度編集の仕事をしようとは思わなかったの？」

「わたしは自分が許せなかったんだよ。深町が四十歳のときに書いた小説、五十歳のときに書いた小説、六十歳のときに書いた小説を読みたかった。この手でその本を作りたかった。それがもう二度とできなくなっちまったんだからね」

「百合子さんはそのときから自分の年を数えなくなったんだね」

「そうだな。わたしもあのとき死んだようなもんだ。そういう意味じゃ、心中と言えなくもないか」

「いつからここに？」

「会社を追い出されて、家にも帰れなくて、電車にもタクシーにも乗れなくて、その足でこの墓地に来たんだ。それからずっとここにいる。わたしにはきっと死者の気配が心地いいんだろうな。ここはなかなか快適だよ。たまにあんたのような客も来る」

　百合子はよっこらしょと立ち上がり、ぱんぱんと尻についた泥を払った。枝の上で鴉が鳴いた。そろそろ引き上げ時だった。

「ワイン、ごちそうさん」

「あなたの話が聞けてよかった。それに原稿の添削もありがとう」

「見る目のあるやつのところへ持っていきな。あの会社は駄目だ。三代目のバカ社長になってからろくな人材を採らないんだ」

「もう一度小説を書いてみたくなったよ。また読んで批評してくれるかな？」

「まだ生きてりゃな。わたしはいつでもここにいるから、書いたら持ってきな。ワインとオープナーも忘れずに」

「次はボルドーのいいのを持ってくるよ」

「わたしはブルゴーニュが好きでね」

百合子は背を向けて歩き出しながらひょいと片手をあげて高丘に別れを告げた。高丘は逆方向に歩きはじめたが、ふと足を止めて百合子を呼び止めた。

「ねえ、ひとつ訊いていいかな。深町遼は飛び降りる直前にあなたに向かって何て言ったんだと思う?」

「こっちが教えてもらいたいね。あんたも作家だろう? あんたなら何て言うかね?」

高丘が答に窮して立ち尽くしていると、百合子は笑いながら、宿題だ、と言って立ち去っていった。その背中に金色の朝陽が輝いていた。

大きな宿題を出されてしまったな、と高丘は思った。愛について考えることは作家にとって一生の宿題だ。でも自分にはいい教師ができた。高丘は猛烈に小説を書きたかった。おやすみ百合子さん、と呟いて、高丘は急ぎ足で墓地を抜けた。

それから二ヶ月後の雪の日のことである。

書き上げたばかりの短篇を持参して百合子のもとを訪れた高丘は、その姿を探して墓地じゅうを歩き回ることになった。だがどこにも百合子はいなかった。先週降った初雪が思いもかけず大雪になり、それから急に冷え込みが続いて、予報では今夜も大雪になるという。どんなに寒かろうと、高丘は百合子のために差し入れのコートとマフラーを西友で買って持ってきていた。あるいはもっと暖かい地下へでもねぐらを移動したのだろうか。この寒さではいくら何でも野宿は厳しすぎるものな。高丘はそう思って落胆したが、春になればまたここに戻ってくるかもしれないと、気を取り直して出直すことにした。

「あれ、高丘さんじゃない？」

墓地の入り口を出たところで声をかけられた。目の前にある出版社からちょうど出てきたばかりの、彼の担当編集者だった。

「久しぶりだね。うちに寄るところ？」

「いや、そうじゃないんだけど」

「どう最近？　書いてる？」

「ええ、まあ」

「あれからずっと気になってたんだ。時間あるならちょっとそこらで一杯やらないか」

おそらく校了明けで暇なのだろう。何だよ今さらと思ったが、底冷えのする墓地を歩き回って体の芯から冷え切っている。ちょうど酒でも飲んで暖まりたいところだったので、高丘はついていくことにした。

会社の筋向いにあるおでん屋にはこの雪のせいか他に客はいなかった。熱い酒を飲みながら、これはまだオフレコなんだけどと口止めされた上で高丘は意外なことを聞かされた。春の人事異動で編集長が代わること、現在の編集長のやり方には常々疑問を持っていたこと、新しい編集長にはかわいがられており、これからは自分にもっと権限ができるから積極的に高丘を応援していけること。そして最後に高丘は、腐らずに書き続けるようにと励まされた。

「そういうことだから、書いたらまた読ませてよ」

「はあ、ありがとうございます」

だが高丘は、鞄の中に入っている書き上げたばかりの短篇をこの男に託す気持ちにはなれなかった。根はいい男だということはわかっている。自分を少しは買ってくれているのも知っている。でもこの原稿は、高丘が生まれて初めて命かけて魂こめて書いたものなのだ。百合子に読んでもらいたくて、百合子に褒めてもらいたくて、百合子を満足させたくて、ただその一心で書いたのだ。上の顔色を窺って汲々としているサラリーマンには渡したくない。

そのとき、店に新しい客が入ってきた。カウンターの隣から店主との会話が聞くともなく耳に入ってくる。

「いやいや、すごい降りだねえ」

「うちも今夜は早仕舞いしようと思ってんですよ」

「このぶんじゃまたホームレスが死ぬんじゃないの」

その言葉に高丘は思わず腰を浮かせた。

「あの、最近ここらでホームレスが死んだんですか?」

「ああ、こないだの大雪のとき。ばたばた死んだっていうじゃない」

「そうそう。この不景気で増えてるからねえ。そこの墓地にも何人かいるみたいですよ」

「死んだのは女のホームレスでしたか?」

「さあ、そこまではわかんないけど」

気がつくと高丘は店を出て走り出していた。編集者が呼び止める声もきかず、まっすぐに墓地のなかへ走っていった。初めて百合子と会ったときのベンチのあたりまで行ってみたが、そこには酔狂な誰かが拵(こしら)えた古い雪だるまが墓石に寄り添うようにして置かれているだけだった。さっき見たときには泥にまみれて凍っていたそれがすっかり純白の化粧を施されて丸々と太っている。高丘はこの数時間の積雪のすごさに改めて不安が押し寄せてくるのだった。

「百合子さん!　百合子さん!　百合子さん!」

高丘は狂ったように名前を呼びながら探し続けた。彼の中ではもう百合子はみすぼらしい老婆ではなく、男が跪いて愛を乞いすべてを捧げるにふさわしい運命の女になっていた。

高丘がようやく百合子を見つけたのは、翌日の昼のことである。未明に止んだ雪が街じゅうを白く塗りつぶしたそのあとで、酷薄な太陽が勢いよく雪化粧を溶かしていった。高丘はいったん夜中に帰宅して一眠りしてから、午後になって再び墓地に足を運んだ。ベンチの脇では子供たちが雪だるまに木の枝を刺してぐしゃぐしゃに突き崩しているところだった。

はじめに茶色の手があらわれた。それから銀色の蓬髪が、続いてしなびた足首が露わになった。溶けかかった雪だるまの中から、凍死したホームレスの老婆が姿をあらわしたのである。子供たちが恐怖に怯えて交番に駆け込み、警官を連れてくるまで、高丘はその場を動くことができなかった。叫び出したいのを懸命にこらえ、がくがくとふるえながら、世にも美しいその光景を凝視し続けた。

百合子は墓を抱きしめるような格好で永遠の眠りについていた。墓石には深町遼の名が刻み込まれ、一片のしみもなく磨き上げられていた。高丘の目から涙が溢れ出たのは、立て掛けられたいくつもの卒塔婆を見たときだった。そこには彼にも読んだ覚えのある深町の小説の一節が、びっしりと書き込まれていたのである。

百合子は穏やかな、満ち足りた表情を浮かべていた。天国で深町と一緒に死者のための本を作っているのかもしれない。小説を必要としているのは何も生きている者だけではないのだと、その幸せそうな顔を見ていると高丘には思えてくるのだった。でも今の自分にできるのは生きている者のための小説を書くことだ。高丘は涙を拭いて立ち上がった。百合子にコートを着せかけてやり、ワインを手向けた。そして小説を書くために、墓地を出て電車に乗って家に帰った。

浮舟（うきふね）

1

薫子(かおるこ)おばさんが鎌倉の家に帰ってきたのは、祖母の七回忌の夏だった。いつものように何の前触れもなくふらりとあらわれて、みんなを驚かせた。薫子おばさんからは独特の日なたのオーラとでもいうべきものが放射されていて、法事のような湿っぽい場所でも、このひとがあらわれただけでいっぺんにお祭りのような華やいだ雰囲気に変えてしまう不思議な魅力をもっていた。

「よっ」

と、薫子おばさんは座敷に上がりこむなり誰にともなく片手を挙げて挨拶し、障子の向こうに耳を澄ませたかと思うと、照れ隠しのように芝居じみた声で、

「ああ、これだよ、この蟬しぐれだよ。このすさまじい鳴き方がたまんないねえ。この蟬たちの重層的なオーケストレーション、これが鎌倉の夏だよねえ」

と呟いてみせた。ただそれだけのことで、さやさやとその場に清涼な空気が流れていくのを、高校生のわたしでも感じることができた。いつでもおばさんはこんなふうに、長い不在の時間を一瞬にしてチャラにしてしまう。父はもうただ苦笑しながら、

「おかえり」

と言った。母も続いて、ほっとしたように、

「おかえり。薫子ちゃん」

と言った。

「ただいまあ。いま帰ったよ」

おばさんがのんびりと言うと、喪服でいっぱいの黒い部屋がぱっと明るくなったようだった。母がすかさず冷たいおしぼりと新しいグラスを持ってくる。父がそのグラスにビールを注ぐ。

「電話くれれば駅まで迎えに行ったのに。いつも突然なんだから、もう」

「悪い悪い」

「今度はいつまでいられるの？」

「うん。しばらくいようかな。いいかい？」

「何言ってる。自分のうちだろう」

ああ、薫子おばさん、しばらくうちにいてくれるんだ。そう思うとわたしは嬉しくて

たまらなくなる。わたしと目があうと、おばさんは顔をくしゃくしゃにしてわたしに擦り寄ってくる。

「イェーイ、一体どこの美少女がいるかと思ったら、碧生じゃないか。保育園で給食のときにウンコたれて脱走した、あの碧生じゃないか。小学校の入学式で鼻血出してビービー泣いて一躍有名人になった、あの碧生じゃないかよ。こりゃたまげたね、ベイビー。いつのまにこんなに大きくなっちまって」

「やめてよ、薫子ちゃん。わたしもう高校生なんだよ」

「ついこないだオギャーって生まれたばっかりなのになあ。おまえのおしめ取り替えたの、ほんの先週のような気がするよ」

わたしを抱きしめるためにおばさんの長い腕が伸びてくる。わたしは太陽に抱きすくめられるような幸福感でいっぱいになる。

薫子おばさんは父の二つ上の姉にあたるひとで、うちの親戚たちのあいだではちょっとした伝説的な人物だった。

若いうちから長いこと旅から旅の暮らしを送っているのと、その明るい開放的な人柄のせいで女寅さんと呼ばれていた。うちの家業が和菓子屋なのもフーテンの寅そのものだったが、大きくちがうのは、おばさんは寅さんのように日本全国をまわるテキヤではなく、世界各国をまたにかける情報産業の仕事に就いているらしいということだ。

情報産業とひとくちに言ってもその内実は謎につつまれている。具体的な仕事内容はよくわからない。ＣＩＡに関連した仕事だとか、いやＫＧＢだとか、マフィアの絡んだ大掛かりな産業スパイだとか、いろいろ言われてはいるが、本当のところは誰も知らない。少なくとも寅さんよりはるかにインテリで英語はペラペラ、フランス語とスペイン語も少々操ることができ、まあ言ってみればばりばりのキャリアウーマンを絵にかいたようなひとなのに、あっけらかんと男言葉で野放図にふるまい、時々おおらかに天然ボケをかますそのギャップが、圧倒的な存在感を放っているゆえんなのだろう。あるいはそんな微笑ましい横顔を見せるのはふるさとの鎌倉に帰ったときだけで、仕事をしているときの顔は別人のようにきりりとしているのかもしれない。

頭だけじゃない。顔だって相当のものだ。

「薫子はしゃべりさえしなけりゃ町で一番の美人なのにねえ」

と、祖母が生前よく言っていた。整った華やかな顔立ち、すらりと伸びた四肢、均整のとれた体つき、そのうえ身長があって姿勢がよく、独特の甘いマスクにボーイッシュな雰囲気があるので、宝塚の男役みたいにカッコいい。

実際、薫子おばさんが十五歳のとき、この恵まれた容姿を生かして宝塚音楽学校を受験させようと親戚たちが画策したことがあったらしい。ピアノは子供の頃からやっているし、運動神経は抜群だからバレエだって一年も習わせれば何とか形になるだろう、だが問題は声楽だった。

「まあ早い話、おいらは救いがたい音痴だったんだな」

まるで宝塚に入るために生まれてきたような容姿なのに、歌劇団というからには歌が歌えなければどうにもならない。それほど薫子おばさんの音痴は致命的だった。宝塚より吉本新喜劇のほうが向いていたのでは、という気もするが、芸人になりたいなどという自己顕示欲は彼女のなかに皆無だったらしい。何代も和菓子を作り続ける家に生まれて、街じゅうのお寺さんを顧客にもつ看板とともに育っていけば、どちらかといえば控えめでおっとりとした性格が形成されるのかもしれない。父もそうだし、わたしもたぶんそういう遺伝子を受け継いでいる。

薫子おばさんは四十二歳になった今でも充分にきれいだ。美人というよりは、男前、という言葉がよく似合う。二枚目なのにわざと三枚目を演じて、フーテンの寅さんになりたがっているようにわたしには見える。

碧生（みどりお）という美しい名前をわたしにつけてくれたのは薫子おばさんだ。

わたしがまだ小さかったころ、わたしたちは一緒に暮らしたことがある。

父と、母と、おばさんと、わたしと、四人でひとつの家族のように暮らしたことがある。

母は心臓に病気をもっていて、わたしが子供のころは入退院を繰り返していたから、わたしはほとんど薫子おばさんに育てられたようなものなのだ。体の弱い母に代わってわたしの面倒を見るために、薫子おばさんは自分の仕事を一時中断して鎌倉の家にいてくれたのである。

祖父が早くに亡くなったので、父は若くして店を継ぐことになった。祖母は気ままな独り暮らしを好んで、なじみのお手伝いさんを連れて箱根の別荘に引きこもっていた。わたしを引き取ってもいいと祖母が申し出たとき、薫子おばさんは頑として反対してわたしを渡そうとしなかったそうだ。母と子は何があっても一緒に暮らすべきだと言って、わたしと母が離れ離れにならぬようできるかぎりのことをしてくれたそうだ。

わたしがぼんやりと覚えているのは、家の中のあたたかく親密で安心できる空気だ。みんなが石油ストーブのまわりに集まっていて、外では雨が降っている。父がわたしの絵を描いている。母がシューベルトのソナタに耳を傾けている。三歳くらいのわたしは薫子おばさんに膝枕してもらってうたた寝しそうになっている。部屋のなかに灯油の匂いと、夕食のシチューの匂いがたちこめている。父の手にしみこんだ小豆を煮る甘い香りや、母の化粧クリームの匂い、古い家具が放つ黴臭い匂い、それに雨の匂いがかすかにまじる。そこにあるのは涙の出そうなほどやさしい夜の気配だ。

日曜日の午後には、わたしを昼寝させている傍らで大人たちが楽器を奏でていたことも覚えている。わたしは五歳くらいだっただろうか。薫子おばさんが古ぼけたアップライトピアノを弾き、父がチェロを、母がヴァイオリンを弾いていた。いま思い出すと、三人が演奏していたのはたいていいつも同じ静かな曲で、静かだけれどひそやかな狂気を感じさせる曲だった。それはたとえばこまかく降り続く雨のような、その雨の音に耳を傾けているうちにいつのまにか血管の中に雨粒が入り込んで血と溶け合っているような、そんな気のする音楽だった。

もちろん当時のわたしがそこまで感じ取っていたわけではない。五歳のわたしが感じていたのは、漠然とした不安感だ。その音楽が奏でられているときの部屋のなかにはどこか張りつめたような空気が流れていて、ここで目を覚ましてむずかってはいけない、声を出して演奏を中断させてはいけない、といつも思わせられるのである。だがその一方で、思い切り泣いてこの音楽を止めてしまいたい、わけのわからない不安がひたひたと細胞のなかに忍び込んでくるこのおそろしい空間を今すぐぶち壊したい、という激しい衝動にも駆られるのだった。

わたしはずいぶん後年になってからその曲がシューベルトのピアノ三重奏曲だと知った。母はシューベルトが好きだったのである。ピアノを弾いているときのおばさんは別人のように真面目くさった顔をして、そして少しだけ悲しそうに見えた。父も、母も、音楽を楽しんでいるというよりは、何かをじっと耐えているかのような顔つきをしていた。

あの不安感はわたしのまだやわらかい骨のなかにしみこんで、いつまでも消えることはなかった。どうしてだろう、それは誰が見ても一家団欒の幸福なワンシーンだったはずなのに。日曜日の午後の眩い光、室内に満ちる紅茶の香り、三人のくちもとに刻まれた微笑、美しい音楽。その完璧な構図が涙でぼやけていく。わたしはやがて息苦しさに耐えかねて金切り声をあげる。その部屋の空気はとてもうすい。シューベルトが破調するまえにわたしは声をあげなくてはならない、と思う。そうしないとまるで家族が破調してしまうとでもいうように。

でも、そんなことはごく些細なことに過ぎなかった。どこの家にもある暗渠のようなものだ。感じないようにすればそんなものが存在していたことすら忘れてしまう。

わたしはその家で、三人の大人に囲まれて、何の過不足もなく大きくなった。わたしたちはとても仲がよかった。夫と妻も、姉と弟も、親と子も、伯母と姪も。いつでもぴったりと寄り添って、かたつむりの一家のようにつつましく、支えあったり笑いあったりしながら暮らした。

蜜月はわたしが小学校に上がるまで続いた。足を悪くして独り暮らしが難しくなった祖母のために父が古い家屋の一部をバリアフリーにリフォームすることになり、それをたのだ。

きっかけに薫子おばさんが長い旅に出てしまうまで、わたしたちは確かに四人家族だっ

両親と祖母との同居はわずか三年しか続かなかった。せっかくリフォームしたのに、祖母があっけなく脳溢血で逝ってしまったからである。祖母は体の弱い母をあまりよく思わず、気まぐれで気難しいひとだったので、わたしは正直ほっとしたのを覚えている。両親と祖母との暮らしより、両親と薫子おばさんとの暮らしのほうがはるかに楽しかったし、わたしはいつでも薫子おばさんのいない欠落感を抱えていたのだ。

おばさんからは時々絵葉書が届いた。それはロンドンからだったり、ペテルスブルグからだったり、ニューデリーからだったりした。わたしにも読めるように全部ひらがなで書いてあった。絵葉書が届くと、わたしはまず自分で読み、それから母に音読してもらい、父に読んでやり、お店の職人さんたちに見せ、最後に祖母に見せた。祖母は仏前に供えてしまうから、お線香臭くなるのがいやだったのだ。

「今度はカイロからよ。薫子ちゃんって本当に007みたい」

「ねえ母さん、ピラミッドってなあに？」

「王様のお墓よ」

「カイロってどこにあるの？」

「エジプト。とっても遠いわね」

「大船よりも藤沢よりも横浜よりもうーんと遠いわ。飛行機に乗らないと行けないの。ほら、世界地図もってきてごらん。また印をつけましょう」

　わたしと母は、新しい絵葉書が届くと世界地図に赤い印をつけて、行ったこともない（そしておそらく母にとっては一生行くこともない）外国の街について思いを巡らせた。それを見て父が、図鑑や写真集を買ってくるようになった。気に入るとガイドブックを買ってくることもあった。

　薫子ちゃんは今頃こんなところにいるんだね。何を食べているのかな。暑そうなところだね。寒そうなところだね。ここはとてもきれいな街だね。人口はどれくらいだろう。宗教は何だろう。ここの名物はおいしそうだぞ。どうやって作るのかな。近くに海があるよ。薫子ちゃんはこの海で泳いだかな。

　わたしたちは鎌倉の古い家の中で、何代も使い続けた柱時計が時を刻むゆったりとした音を聞きながら、旅人の噂をし、旅先の風物について想像した。わたしたちに行けるのはせいぜい江ノ島の海までだったし、たまに横浜のデパートへ買い物に行くのがささやかな楽しみだった。でも薫子おばさんの絵葉書を読んでいると、世界にはさまざまな街があり、自由に世界じゅうを飛び回るもうひとつの人生がすぐそこに開けているような気がしてくるのだ。
それがわたしたちの家族団欒だった。父と母はふたりで楽器を奏でることはなかった。ピアノがいないとどうも引き締まらないから、というのが合奏をやめた理由だということだった。

薫子おばさんは年に一度か二年に一度くらいの割合で、鎌倉の家に帰ってきた。帰ってくるときはいつも突然で、三、四日しかいられないときもあれば、二週間くらいゆっくりしていくときもあり、出発していくときもたいてい当日の朝にいきなり言われるのだった。おばさんはいつもわたしのために世界じゅうの玩具とお菓子を買ってきてくれた。

ある朝目覚めたらベッドのなかに薫子おばさんがもぐりこんでいて、わたしに抱きつくような格好ですうすうと寝息を立てている、ということもよくあった。そういうときわたしは夢の途中からすでに懐かしい気配を感じ取っていて、匂いや体温をゆっくりと知覚していき、はっきりと覚醒するころには、ああやっぱり薫子ちゃんだ、ゆうべ遅く帰ってきたんだ、きっと父さんたちとビールを飲んで酔っ払ってしまったから、二階の自分の部屋へ上がるのが面倒になってわたしのベッドに入ってきたんだ、などと考えている。そしておばさんを起こさないように気をつけながら、寝息のリズムをそっと合わせる。すうはあ、すうはあ、すうすうはあ。すうはあ、すうはあ、すうすうはあ。そうしていると世界の底でおばさんと二人きりでいるような、心細いような、せつないような、泣きたいような気持ちになってくる。

それはなんと甘やかな時間だったことだろう。母は体が弱かったから、こんなふうに同じ布団で寝たこともなければ、スキンシップというものをほとんど受けたことがない。わたしに覚えのある匂いや体温といえば、ぜんぶ薫子おばさんのものだったのだ。おばさんの寝顔を見つめ、寝息のリズムを合わせているうちに、わたしの全身はすっかり甘酸っぱいもので浸されていく。わたしはもう我慢できなくなって、おばさんの豊かでやわらかい胸に顔を埋める。

「よしよし……なに甘えてんだ……」

半分眠りながらもしっかりとわたしを抱き寄せてくれるのは、もしかしたらこの世でこのひとだけだ。ここには無条件のぬくもりがあり、わたしが世間一般の規格からはずれて荒れ地を歩くような大人になるかもしれないとしても、きっと黙って受け入れてくれる広さがある。そう思うと涙がこぼれてくる。

「なんだ泣いてんのか？　……よしよし、こわい夢を見たんだな」

「ううん。薫子ちゃんがね、おっきな犬みたいだから。だって急にいるんだもん、びっくりした」

「そんなに子犬みたいに吸っても、おいらのおっぱいは出ないんだけどな」

「赤ちゃんだったとき、これ飲んだ気がする」

「おまえが飲んだのは森永の粉ミルクだよ」

わたしは何となく恥ずかしくなり、おばさんの胸元からくちびるをはずし、今度は太腿に絡みついてじゃれつく。

「ねえ、薫子ちゃんは泳げる？」

「もちろんさ。碧生は泳げないのか？」

「うん。父さんが水泳教室に行きなさいって。でも行きたくないなあ」

「なんでだよ。泳げるようになりたくないのか？」

「泳げなくたって生きていけるよね？」

「別に泳げなくたって生きていけるよ。でも三十パーセントくらいはつまんないと思うよ」

おばさんが言うと、泳げない人生というものが本当につまらなく思えてくるから不思議だ。わたしはやはり泳げるようになろうと思ってしまう。

「水泳教室なんか行かなくたって、おいらが教えてやるよ」

「ほんとに？」

「ああ、教えてやる。カブトムシの捕まえ方だって教えてやっただろ？　自転車の乗り方も、悪ガキのいじめ方も、読書感想文の書き方も、ぜんぶ教えてやる。もう少し大人になったら、酒の飲み方と、ラブレターの書き方を教えてやる」

「お酒なんか飲まないもん」

「飲めたほうが人生三倍くらい楽しいぞ。いや、五倍くらいかな」

「じゃあ母さんはつまらないね。お酒飲めないから」

　薫子おばさんは返事に詰まり、気まずい空気を払拭するようにわたしをくすぐりにかかる。こういう朝のプロレスはわたしにとって最も楽しい思い出のひとつだ。涙が出るほど笑いころげて、笑いの発作がおさまるふとした隙に、とびきりやさしい表情を浮かべてわたしを見ている薫子おばさんを見るのが好きだった。おばさんの内側から滲み出る金色の光にじわじわと照らされているような気がした。

「なんで自分のお部屋で寝ないの？」

「碧生がね、ちっちゃな子犬みたいだったからさ」

「うそだ。ひとりで寝るのが寂しかったんでしょ」

「ほんとは酔っ払って間違えたんだ」

「ずっと一緒に寝てあげてもいいよ。いるあいだ」

「ありがとうな。でも、いいや。おまえがそばにいないと眠れなくなったら困るから」

　このひとは、溢れかえる百二十パーセントの愛情を、抑えに抑えて、必死に抑えて、八十五パーセントくらいのところで留めているのではないか。子供のころからわたしは何となくそんなふうに感じることがあった。あるいはおばさんは母に遠慮していたのかもしれない。

もちろん母は母なりにわたしを愛してくれた。でもその愛し方は薫子おばさんとは違うものだった。子供に対しても、またすべての物事に対しても、つねに一定の距離をおいて接しているようなところがあった。母のまわりには目に見えないバリアがひんやりと張り巡らされていて、誰にもそのバリアを踏み越えて母に近づくことはできないのだった。父でさえそのバリアの外にいて、母の人生の中心には立ち入ることができないように思われた。

それはもちろん病気のせいだっただろうということくらい、わたしにもわかる。母は日々をただ生きていくということだけで精一杯で、何かを熱烈に愛したりするような余分な力は残っていなかったのだろう。子供を抱きしめる力もないほど母の心臓は脆く、夫に抱きしめられたら壊れてしまうほど母の体は痩せ衰えていたのだ。そんな母に子供を産むことができたのは奇跡というほかはない。祖母に言わせれば「『菓匠・宇喜田』の看板を途絶えさせないために」、鎌倉の地霊が奇跡を起こしてわたしを授けてくださったのだ、ということになる。

わたしは物心ついたときから、できるだけ母の心臓に負担を与えないように気を配る習慣をもつ子供だった。大きな声を出して母を驚かせたり、わがままを言って困らせたり、癇癪を起こして何か物をぶつけたり、普通の子供がよくやることをしないように気をつけて育ってきた。母を悲しませると死んでしまうのではないかと思って、決して悲しませないように努力した。でも子供だからいつもそんなにうまくは自分をコントロールすることができなくて、わたしはたびたびバランスを崩して自己分裂することになった。

そんなときに薫子おばさんがいてくれなかったら、わたしは一体どうなっていただろうかと思う。おばさんの前でだけはわたしは子供らしくいることができた。甘えたり、拗ねたり、怒ったりすることが何の気兼ねなくできたのだ。わたしは母に甘えたことは一度もない。父はいつも母のことと店のことで頭がいっぱいだったから、父にも甘えたことはない。

「薫子ちゃん、ギューして」

幼いわたしが抱擁をせがむと、薫子おばさんは、

「ようし。これはママのぶんだぞ」

と言ってギューと抱きしめてくれてから、

「そしてこれはおいらのぶんだ」

と言って一回目よりいくぶん控えめにおまけをしてくれる。

「薫子ちゃん、チューして」

とキスをせがむと、

「よっしゃ。これはママからのキス」

とくちびるにキスをしてくれ、そのあとで、

「おいらはママじゃないから、こっち」

と、おでこにキスをしてくれる。

いつもいつもそうだった。おばさんは決して母親ぶったりはしないで、母の代理でわたしに愛情表現していることをことさらに印象づけようとした。母の目の前でわたしにスキンシップすることも避けていたような気がする。

おばさんがまた旅に出るとき、鎌倉の家を出て遠くに行ってしまうとき、わたしが泣くと、おばさんは怒っているような、今にも泣きそうな顔をして、わたしを睨みつけるのだ。そばで父と母が困っていることもわたしにはわかっているのだが、小学生のわたしにはどうすることもできない。だって今度いつ薫子おばさんに会えるか、それは誰にもわからないのだから。

「薫子がいなくなると、碧生はしばらく鬱病になっちゃうんだよね」

と父がためいきをつく。

「そうなのよね。まるでこの世の終わりみたいに泣き暮らすのよね」

母も困り果てている。

「大好きなチョコレートも食べないし」

「寝る前の牛乳も飲まないし」

「肉屋の息子もいじめないし」

「お隣の亀にいたずらもしないし」

「碧生ちゃん具合でも悪いんですかって、担任の先生から電話がかかってくるもんな」

薫子おばさんはわたしの涙を手のひらで拭って、

「情けないやつだなあ」

と言いながら、泣くな、泣くな、と目で必死に合図を送る。わたしはしゃくりあげながら、おばさんの大きな手を握りしめる。

「薫子ちゃん、今度いつ来るの？」

「それだけはきいてくれるな、ベイビー。おいらにもつらい渡世（とせい）のしきたりがあるのよ」

「わたしも一緒に行く」

「バカ言ってんじゃないよ。碧生がいなくなったら誰がママのそばにいてやるんだよ。ママ寂しくて死んじゃうよ。おいらがいなくなってもこれまで通り、隣の亀にいたずらしたり肉屋の悪ガキをこらしめたりしなくちゃダメじゃないか。学校でも元気一杯にふるまって、先生に手を焼かせなくちゃ碧生らしくないだろう。親に心配かけるんじゃないよ。ばりばり食って、のびのび遊べ。勉強なんかしなくていい。おいらがいなくても碧生の子供時代は明日もあさってもずっと続いていくんだぞ」

最後にはそんなわけのわからない励まし方をして、行ってしまう。風の又三郎のようにすばやくマントをひるがえして、いなくなってしまう。世界のどこかで秘密の任務に就くために、空飛ぶマントではなく飛行機に乗って、遠くに消える。あとにはただ、お日様によく干された布団にくるまれたような感触が、わたしの胸の底にいつまでも残る。

2

リビングからピアノの音が流れている。

想っても想っても叶えられない恋の苦しみに耐えているかのような悲痛な曲だ。孤独のために肺の中が透きとおり、あばら骨のあいだからこらえきれずに漏れるためいきのような曲だ。

鍵盤に触れる指先から深い憂愁が沁み出して、ひとつの音から次の音へと移ろう合間にもゆっくりと奈落の底へ落ちていくようだ。

一歩一歩、落ち葉を踏みしめながら背中をまるめて、くちびるを噛みしめて、虚無に向かって行進していくような音楽だ。

ああ、薫子おばさんがシューベルトのソナタを弾いているのだ。

傍らにはきっと母がいるだろう。

これは母が愛してやまない曲だから、母にせがまれて繰り返し弾いているのだろう。

わたしはリビングに入ることができない。

その曲の旋律があまりにも哀しすぎるからではない。

十七歳の子供が触れるには濃すぎる闇が、その空間にひろがっているからだ。夕闇の色に血潮を混ぜ合わせて拵（こしら）えたような、行きどころのない、澱んだ池のほとりに浮かぶ薄紫色のガスのような闇が、黒いピアノを、赤いソファを、弾く者の背中を、聴く者の額を、ふたりのあいだに横たわる深淵を、びっしりと覆い尽くしているからだ。

わたしはドアの前で息を呑んで立ち止まる。毒ガスの香りが甘いことをわたしはうすうす知っている。だからあのふたりはいつまでもおそろしい闇に身を浸していられるのだ。母の壊れた心臓に少しずつ少しずつ毒液を注ぎ込んでいくような音楽に溺れきっていられるのだ。五歳のときにはわからなかったが、十七歳の今ならおぼろげにわかる。母は涙をためている。薫子おばさんの背中はふるえている。音楽はただ甘いだけの毒ではない。世界はただやさしいだけのゆりかごではない。

ふたりはまるで手に手を取ってどこか遠くへ行こうとしているかのようだ。
あのシューベルトをやめさせなくては、とわたしは思う。
でも手のひらにぐっしょりと汗をかいていて、ドアノブをまわすことができない。
やがて汗は額から目の中に流れ込んでくる。
わたしは体じゅうに汗をかきながら、ドアの向こうのシューベルトに耳を傾けている。

「そこで何してるんだ？」

廊下を通りかかった父に急に声をかけられて、わたしは我にかえった。持っていた鞄をうっかり取り落としそうになるほど驚き、うろたえていた。

「何だ、ぼうっとして。今日、登校日だったのか？」

「うん、そう。今帰ったとこ」

「じゃあ、手を洗ってお茶室においで」

父は商売物の生菓子を載せた盆を持っていた。

「新作、できたの？」

「うん。母さんは起きられるかな？」

「お抹茶、わたしが点てようか」

「自信作なんだ。いいほうのお茶にしてくれよ」

「はいはい。一番高いやつね」

わたしはほっとして、ようやくドアをノックすることができる。ピアノの音なんか何も聞かなかったような明るい声で、父さんの新作ができたって、と言いながらドアを開ける。夢から醒めたようなふたりの顔が、ピアノの残響とともにそこにある。

季節ごとに変える新作の菓子ができたときには、みんなでお茶室に集まって賞味するのがうちのならわしになっていた。父はまず誰よりも先に母に食べさせる。母がひとくち食べたときの表情に神経を集中して、母の顔が綻(ほころ)んでいくのをじっと見守るのだ。母が、おいしい、と言ってにっこり笑うと、それは店頭に並ぶことになる。もっとも、母が批評めいた言葉を口にするのをわたしは一度も聞いたことがない。母がたとえ、おいしい、と言って笑わなくてもその菓子が店頭に並ぶことはもう決まっているのである。

だからそれは儀式のようなものに過ぎない。夏には秋の、秋には冬の、いつもひとつ先の季節の菓子を家族で食べることによって、母の心臓が次の季節を迎え入れ、それを乗り越えてゆけるようにと祈りあう無言の儀式なのだ。父のつくる和菓子はわたしから見てもとても繊細で美しいと思う。でも花びらの模様のひとつひとつにそんな思いとぎりぎりの緊張感がこめられていることは、買っていくお客さんにはわからないだろう。

薫子おばさんは、祖母の七回忌の法要に帰ってきてから、もう三週間も鎌倉の家に滞在し続けている。かつておばさんの最長滞在記録は二週間だったから、そろそろいなくなってしまうのではないかとわたしは気が気ではない。ちょうど夏休みだったが、部活や夏期講習で出かけなくてはならないときなど、

「薫子ちゃん、まだいる？」

と、朝確認してから出る習慣がついた。

「急にいなくなったりしないよね？」

「今回はしばらくいるって言っただろう。そんなに心配なら、夏休みのあいだくらいどこへも行かないで、ママのそばにいてやれよ」

「そういうわけにもいかないよ。それに母さんのそばにはいつもべったり薫子ちゃんがいるじゃない」

口からするりと皮肉が出た。母ははっとしたようにわたしを見た。おばさんは顔色を変えずにいつものペースを崩さない。

「何だおまえ、拗ねてんのか？　夏休みなのにどこへも連れてかないから拗ねてんのか？　しようがないやつだなあ。じゃあ、花火大会連れてってやるよ」

「友達と行くからいい」

「おいらと行こうよ。鎌倉名物の水中花火見るのも久しぶりだし、たまには水いらずでデートしようぜ、ベイビー」

「やだ。友達と行く」

わたしはむきになって言った。わたしは確かに拗ねていた。進路のことをはじめとして、おばさんに相談したいことは山ほどあった。そういうことは母や父には言えないことだった。それなのにこの夏にかぎっておばさんは妙によそよそしく見えた。わたしと過ごすよりも母のために気持ちと時間を割いていた。いつもの夏より母の状態はいくぶん悪いようだったが、忙しいおばさんがつきっきりでそばにいなければならないほど悪いようには見えなかった。

「薫子ちゃんと行ってきなさい」

母がとりなすように口をはさんだ。

「でも友達と約束したから」

「じゃあさ、その友達と三人で行こうよ。それならいいだろ？」

「わたしはもう子供じゃないの。わたしにもいろいろつきあいがあるし、わたしにはわたしの世界があるの。たまにしか帰ってこないひとにはわからないと思うけれど、薫子ちゃんのいないあいだにわたしは日々成長してるんだよ。ある日突然帰ってきて、花火大会に連れてってやるって言われたって困っちゃうよ。そういうのって、ありがた迷惑っていうの？　バッカみたい」

自分でもちょっと言い過ぎだと思いながら、とまらなかった。

「こりゃまいったね。碧生もいっぱしの憎まれ口をたたくようになったじゃないか。へえ、たいしたもんだ」

薫子おばさんはにこにこしながら明らかに傷ついていた。

「ごめんなさいね、微妙な年頃で」

母が申し訳なさそうに謝っている。

「いいさ、碧生の言うとおりだ。邪魔しないよ。ほら、これで友達と楽しんでこい」

おばさんは財布から一万円札を出してウインクした。その媚びるような仕草を見ると無性に腹が立ってきた。わたしはただ昔のように有無を言わせず花火大会に拉致してほしかっただけなのに。つべこべ言うなと叱ってほしかっただけなのに。お小遣いで機嫌なんか取らないでほしい。わたしはお金を受け取らずにおばさんの顔を睨みつけた。シューベルトの恨みをこめて、噛みつくように睨みつけた。

「何だよ。何怒ってんだよ。これじゃ少ないってか？　えい、特別サービスだ」

一万円札は三枚に増えた。そんなふうに甘やかされることは我慢のならないことだった。わたしはもっと強い目をして睨みつけた。おばさんはためいきをついて、一万円札を五枚に増やした。

「これでどうだ。横浜で服でも買ってきな」

わたしはいきなり泣き出した。泣くことによってしか感情を伝えられない五歳の子供供のように。

のように。それだけを武器にして世の中の不条理とたたかうしかない無力なすべての子

　薫子おばさんの顔は、見る見るうちに歪んでいった。まるでわたしの涙が弾丸のように飛び散って、おばさんの顔を溶かしていくようだった。ああこのひとは、わたしの理不尽な悲しみをそっくりそのまま自分の悲しみとして吸い取っている。わたしが抱えている不満も不安も全部わかっていて、なすすべもなく途方にくれて、同じように悲しんでいるのだ。わたしには一瞬でそれがわかった。そうしたら、もっと泣けてきた。

「碧生には負けるよ。持ってけ泥棒！」

　おばさんは財布ごとわたしに差し出して、ぷいと部屋から出て行ってしまった。たぶん泣くためにトイレに行ったのだ。そのあとで泣き顔を見られないように裏口から外へ出るのだろう。わたしも同じことをしたことがあるからわかるのだ。

「何やってるんだ、おまえは」

　一部始終を黙って見ていた父が、あきれて言った。

「泣いてどうする。泣いてどうなる」

　父のしんみりとした声を聞くと、涙が止まった。

「財布はあとで返しておきなさい」

「わかってる」

「あんまり薫子に甘えるな」

「わかってるって」

母は何も言わずに悲しそうに俯いていた。

わたしに差し出した五万円のほかには、薫子おばさんの財布の中には二千円しか入っていなかった。それを見てわたしは思わず微笑んだ。こういうのって何だかとても薫子ちゃんらしくて、わたしはやはり薫子ちゃんが世界で一番好きだと思った。伯母さんだから好きなのではなく、ありそうでどこにもありえないあのキャラクターを愛さずにはいられない。

財布の中身は現金のほかにもクレジットカードやらどこかの店のポイントカードやら何かの会員証やら領収書やらでふくれあがっていた。見てはいけないと思いながら、好奇心を抑えることができなかった。こんなにお茶目なのに、あんなにおそろしいピアノを弾くこともできるあのひとは、本当はどういうひとなんだろう？　薫子おばさんはわたしにとって、世界で一番謎に満ちた人物でもあった。

ほとんどのカードは英語かそれ以外の外国語で書かれているので、それがどのような種類のものかわたしにはわからなかった。わたしにわかったのは国際運転免許証とニューヨークにあるクリニックの診察券だけだった。わたしはどきどきしながらそれらのプラスティック・カードを舐めるように眺めまわした。見たこともない宝石を盗み見ているような、他人のクローゼットの下着のコレクションをこっそり覗いているような、罪悪感とないまぜになった興奮がわたしのなかでひろがっていった。

わたしのよく知っている薫子おばさんの像が急速に薄くなっていき、見たこともないひとりの大人の女が立ちあがってきたのは、領収書の束に埋もれるようにして財布の一番奥のポケットから一枚の古い写真を見つけたときだった。それは黄ばんですりきれてぼろぼろになったスナップ写真で、そこに写っているものを目を凝らしてこの目に捉えたとき、わたしは思わず声を上げそうになった。

それは同じ高校の制服を着たわたしの母と薫子おばさんの写真だった。ずいぶんと若いけれど間違いない。ふたりは仲良く肩をならべて、ほとんど頬擦りせんばかりに顔と顔をくっつけあって、カメラに向かって笑いかけていた。それを見てわたしの胸はなぜかきりきりと射し込むような痛みを覚えた。ふたりがそんなに昔から友達だったなんて一度も聞いたことはない。隠すようなことでもないのに、なぜ教えてくれなかったのだろう。わたしはひどくショックを受けた。でもわたしの胸が痛んだ理由はそれだけではない。写真に写っている母の顔が、わたしが一度も見たことがないほど美しく輝いていたからだ。

それは現在の母とはほとんど別人のようだった。もちろん二十年以上も前の姿が今より美しいのは当然だが、単に若さだけでは説明のつかない神々しいオーラのようなものが母のまわりに漂っていて、この古ぼけた写真にさえ乗り移っているように見えた。自分の母親がこれほどの美少女だったとは、まさに青天の霹靂（へきれき）というべき驚きだった。そのあとで、別の種類の痛みがやってきた。病気が彼女からこの美しさを奪ったのだということに気づいて、わたしは愕然とせざるをえなかった。

一緒に写っている薫子おばさんは、今よりもっと痩せていてかっこよく、愛くるしい少年のようだった。これなら親戚ならずとも宝塚に入れたいと思うだろう。ふたりはとてもお似合いだ、と思ったとき、わたしの胸を突き刺すように貫いていった激しい痛みの本当のわけがわかった。ふたりはまるで恋人同士のように見えたのである。

いや、そうではない。恋人同士以外の何物にも見えなかったのだ。

その夜、薫子おばさんは夕食の時間になっても戻ってこなかった。

こういうとき、おばさんの行きそうなところにはいくつか心当たりがあった。小町通りのはずれでひっそりと営業している看板のないディープな呑み屋で泡盛を飲んでいるか、サーファーしか入れない海辺のバーでサーファーでもないのにスコッチを飲んでいるか、幼なじみがオウナーシェフを務めるイタリアンレストランの（客席ではなく）厨房で従業員用の賄い（まかない）食をつまみにハウスワインを飲んでいるか、また別の幼なじみが住職を務めるお寺の方丈で雑魚寝(ざこね)しながらお神酒(みき)を飲んでいるか、いずれにせよ夜の早い鎌倉の街では選択肢はそれほど多くない。足をのばして横浜あたりまで行ってしまえばもうわからないが、おばさんが専用に使っているフィアットが駐車場にあったから、遠出はしていないようだった。

一軒ずつ探し歩いて、三軒目の海辺のバーで薫子おばさんを見つけた。おばさんはカウンターに崩れかかるようにして眠りかけていた。

「いらっしゃい、碧生ちゃん」

やはり中学時代の同級生だというマスターはわたしを見ると微笑み、薫子おばさんをそっと揺さぶった。

「宇喜田、あんたのかわいいベイビーが迎えに来たよ」

薫子おばさんはうっとりと目を開けてわたしを見た。そしていつものように、

「よっ」

と、片手を挙げて挨拶した。

「これ、ないと困るでしょ」

わたしは彼女の財布を差し出して、もう帰ろう、と目で合図した。サーファーしかいない店では非サーファーは、うっかりモスクに入ってしまった非イスラム教徒のように居心地が悪い。でもおばさんは少し酔っ払っていて、わたしの合図には気がつかないよ

うだ。

「おお、ありがとう、助かった」

「やだねこのひとは。無一文で飲みに来てたの」

「おいらのかわいいベイビーに何かつくってやってよ」

「はいよ。碧生ちゃん、座れば？　ちょっとそこ詰めてやってくんないかな」

店内は結構混んでいて、マスターはカウンターの客にひとつずつ席を詰めるように言ってくれた。いいです、すぐ帰りますから、という間もなくてきぱきと席は詰められて、隣のお兄さんにどうぞと笑顔で促され、わたしはそこに座らざるをえなくなった。でもわたしは一刻も早くその店を出たかった。

わたしはサーファーの人達がちょっと苦手だった。誰にも言ったことはないのだが、以前サーフボードをもった男の子にしつこくつきまとわれたことがあり、不愉快な思いをしていたのだ。ふつうのナンパというよりはほとんどストーカー行為といってよかった。彼は学校の校門の前や店にまであらわれて、ただじっとわたしを見つめていた。

もちろん、その子が特別に異常だっただけで、一般的なサーファーの人達はクールでスマートで海を愛するナイスガイが多いこともわかっている。でも、しばらくのあいだはサーフTシャツを見るだけで脂汗が滲んできた。褐色の肌の男の子とすれ違っただけでめまいがしたこともある。隣のお兄さんのつけているコロンの香りはそのときの男の子を思い出させた。

「きみもサーフィンするの？」

お兄さんが柔らかな物腰で話しかけてくる。

「いいえ、わたしは」

「今度教えてあげようか？」

わたしは薫子おばさんに、もう帰ろう、早く帰ろう、と目で訴えた。おばさんはようやく気づいたようだった。

「ねえねえ、年はいくつ？」

「どこに住んでるの？」

「名前何ていうの？」

お兄さんの連れの男たちが次々に声をかけてくる。うるせんだよ、というドスのきいた声が響いたのはそのときだ。店じゅうが静まり返り、みんながびっくりしておばさんを眺めている。ぐっときた。

「軽々しくこの子に声かけるんじゃないよ」

「あ、お母さんですか？」

ひとりが急に卑屈になって言った。おばさんはそれには答えず、立ち上がって勘定を払い、わたしの肩を抱いて店の外に出た。それは母親が世間の邪悪な雨あられから娘を保護する仕草というよりは、いとしい恋人を誰にも取られないように守るひたむきな仕草のように見えた。わたしはまたひとつ、ぐっときていた。

店の前の道路を渡ると、目の前に夜の海がひろがっていた。

「すこし歩くか？」

わたしは頷いた。薫子おばさんはわたしの肩をしっかりと抱いたまま海岸線に沿ってゆっくりと歩いた。ふいにあの古い写真を思い出し、母もこんなふうにこの大きな手で肩を抱かれたことがあったろうか、とわたしは思った。

「ヤケ酒飲んでたの？」

「まあな。碧生に泣かれるとおいらはちょいと弱いのさ」

「ごめんなさい」

「海の前だと素直なんだな。ちっちゃい頃からそうだった」

「うん。海の前にいると、生きるのがちょっとだけ楽になる」

「そんなにいつもつらいのか？」

「つらくはないよ。ただ息苦しいだけ」

「十七歳はみんなそうだよ」

「四十二歳は？」

「別の種類の息苦しさがある。そしてきっと十七歳の三倍くらいつらい」

「そっか。そうだよね。大人のほうが大変だよね」

「でも十七歳に戻りたいとは思わないな」

　薫子おばさんは歩を止めて深呼吸をした。少し飲み過ぎているのかもしれない。肩を抱く腕をほどかないでほしい、とわたしは思い、ぎゅっと体をこすりつけた。

「ねえ、薫子ちゃんの十七歳ってどうだった？」

「恋をしてた。すごく好きなひとがいてね。あんなに誰かを好きになったことはなかったなあ」

「両思いだったの？」

「うん。気が狂うほど愛し合ってた」

　その相手は母だったのだろうか？　わたしはこわくてきくことができない。その質問の答を知ることは、開けてはならないパンドラの箱を開けるようなものかもしれない。

「そのひととはどうなったの？」

「気が狂うほど愛し合ったひととは、たいてい結ばれないものさ」

「どうして？」

「結ばれる前に毀(こわ)れるからだよ。あまりにも強く抱きしめすぎて、相手の骨も自分の骨もこなごなに砕いてしまう。その破片が体じゅうに突き刺さって、血だらけになって、そうやってひとつの愛が死ぬんだ。愛情は、生き物と同じようなものなんだ」

薫子おばさんは苦しげにまた深呼吸をした。まるでその破片がまだ体のどこかに突き刺さっているかのように。わたしの顔はおばさんの心臓のあたりにあった。おばさんの腕のなかで心臓の鼓動と夜の波の音を聞いていると、ここがこの世の果てであり、このままふたりで呼吸を止めさえすればすぐそこに天国への階段があるのだと、立ったままふたりで眠りさえすれば二度と目覚めることはなく二度と離れることもないのだと、灼けつくように焦がれるように思えてくるのだった。

「薫子ちゃんが結婚しないのは、そのひとのことが忘れられないからなの？」

そうだ、と言われたら、わたしはおばさんの手をひいて海へ入ろうと思った。わたしも死のう。ふざけて水遊びをするふりをして、殺してしまおう。そしてそのあとで、わたしも死のう。酔っ払っているひとを溺死させるのはそれほど難しいことではないだろう。おばさんはわたしに泳ぎを教えたことを後悔するだろうか。

「ねえ、そうなの？」

おばさんはわたしの真剣な目を見て一瞬たじろいだようだった。はぐらかすようにへらへら笑ってその場にしゃがみこみ、砂の上に自分の名前を書いた。そしてその隣に、菓子、という字を書いて、

「よく見てみろ。薫子という字は、菓子という字に似てるだろう」

と言った。

「そ、そうだね。それがどうしたの？」

「おいらと結婚するやつにはもれなく『宇喜田』の看板と、和菓子屋の若旦那という職業がついてくる。甘党の男なら死ぬほど嬉しいだろうが、のんべの男にはかわいそうだ。おいらが結婚しなかったのは、まあそういうわけだ」

「もう、真面目に答えてよ」

「弟に至っては香丞だ。いかにも和菓子屋の跡継ぎにふさわしかろうという名前だ。あいつは絵描きになりたかったんだが、おいらが逃げ出したんで、仕方なく看板を背負ってくれたんだ。感謝してるよ」

薫子おばさんはわたしの質問を飄々とはぐらかして、砂に書いた自分の名前の上に少し吐いた。薄茶色の液体しか出てこなかった。きっと何も食べずに飲み続けていたのだろう。父も時々そういう飲み方をする。好きな生き方をしても、しなくても、どのみち大人はそうやってわざと自分をいじめるようなことをするものらしい。ほとんど馬鹿みたいだ。

「どうしてそんなにお酒を飲むの？」

「星の王子さまみたいなことをきくな」

「いつまでおうちにいてくれるの？」

「引き留めるようなことを言うな」

「薫子ちゃんはしあわせじゃないの?」

「答えられない質問ばかりするな」

誰かが浜辺で花火を上げる音がする。ひゅーっ、ひょろひょろ、ぱーん、しゅー。ひゅーっ、ひょろひょろ、ぱーん、しゅー。わたしが知りたいのは、答えられない質問の答だけだ。

「線香花火買って帰ろう」

とおばさんは言って歩き出した。

もうわたしの肩を抱いてはくれなかった。

3

次の朝、母が発作を起こして病院へ運ばれた。

その少し前、父と薫子おばさんが言い争う声でわたしは目を覚ました。まだ朝の六時前だった。なじりあうような口調だったが、話している内容まではわからなかった。きょうだいゲンカなんて珍しいな、とわたしは思い、すぐにまた眠りに落ちた。そのときみじかい夢を見て、夢の中でも父とおばさんがケンカしているのだった。だから次に目が覚めたとき、あれはやはり夢だったのかと思った。わたしはタオルケットにくるまったまま、子供の頃にも同じようなことがあったのを思い出していた。

あれは小学校の低学年のときだった。夜中にトイレに起きるとリビングに明かりがついていて、わずかに開いたドアの隙間から廊下にその気配が漏れてきたのだ。はじめは大人たちだけでひそひそ話でもしているのかと思った。薫子おばさんは怪談をしてみんなをこわがらせるのが好きだったから、わざと囁くような小さな声で、気分をだして、新しいネタを披露しているのだろう、と。わたしを仲間はずれにするなんてずるい、と思い、わたしはリビングに近づいていった。

でもドアの隙間から中を覗いた瞬間、わたしは部屋の中に入ることができなくなった。それどころか、正しく呼吸することさえできなくなってしまった。脚がふるえ、拳を握りしめて、わたしはその光景を眺めていた。なぜか目をそむけることができずに、握りしめた拳から汗を滴らせながら、息を止めてじっとその光景を眺めていた。

父と、母と、薫子おばさんが、テーブルをはさんで向き合い、静かに涙を流していた。何も話さず、激昂もせず、誰ひとりこわい顔もしていなかった。三人は怒っているのではない。三人はケンカをしているのではない。三人はただ悲しんでいるのだ。親戚の誰かが死んだのだろうか、とわたしは思った。でもそうでないことは直感的にわかった。それなら死者を悼んで会話を交わしているはずだし、そこにあるのは第三者とは無関係の、純粋にこの三人だけの問題であり、この三人だけの絶望であるような気がしたのである。

その絶望にわたしは含まれてはいない。わたしは除外されている。本能的にそう思った。だから今ここで声をかけてはいけない。三人が泣いているところを見たことも決して知られてはならない。わたしは音を立てないように細心の注意を払いながら廊下を歩き、自分の部屋に戻った。

布団にもぐりこんだ途端に、ぼろぼろと大量の涙がこぼれてきた。悲しくて悲しくてたまらなかった。シューベルトのピアノ・トリオを三人で合奏しているときに感じていた不安を明瞭な形にしたものがこれだと思った。わたしは枕をびしょびしょに濡らし、声を立てないように布団の端を噛んで泣きながら眠りについた。

そう、そんなことがあった。

ずっと忘れていたのに、なぜ突然思い出したのだろう。

確かあのときも翌朝目を覚ましたとき、あれは夢だったのだと思い込もうとした。だって三人はあまりにも普段どおりに朝ごはんを食べていたから。そして朝ごはんはいつもと同じ味がしたから。だからそれきりわたしはそのことを忘れてしまったのだった。

「父さんと薫子ちゃん、さっきケンカしてた?」

わたしは歯を磨きながら訊ねた。

「いや、してないよ」

「夫婦ゲンカも、きょうだいゲンカも、したことないねえ」

「うちは香丞が怒らないから、ケンカにならないんだよ」

「文音(ふみね)もおっとりしてるしね」

歯を磨き終えたら、皿の割れる音がして、母がキッチンで倒れていた。

駆けつけてきた薫子おばさんの顔は、母の顔よりも青ざめていた。一言も口をきかずに母を抱き上げ、車に運ぶ。父もすぐさま病院に電話をかけている。ふたりともまったくおろおろしていない。空気だけが張り詰めている。こうなることをあらかじめ予測していて、やるべきことに迅速に対応している緊張感がある。

わたしはそのことに違和感を覚えた。母が発作を起こしたのは数年ぶりのことであり、それまで母の日常生活は穏やかに続いていたので、今回のことは不意打ちの出来事だったはずなのだ。それとも母の状態を正しく認識していなかったのはわたしだけで、母は本当はいつ倒れてもおかしくないほど弱っていたのだろうか？

病院にいる父から電話がかかってきたのは、昼前だった。

「二、三日入院することになった。薫子が泊まり込んでくれるから、あいつのぶんの着替えも病院に持ってってやってくれないか」

「母さんの具合は？　とても悪いの？」

「心配いらない。夏バテが心臓にこたえたんだろうって」

「だったらなんで入院なんかするの？」

「暑いとさ、あのひとほとんどものを食べなくなっちゃうだろう。点滴で栄養補給させて、少しのんびりしてもらおうと思ってる。それだけだ」

「やっぱり朝、ケンカしてたよね？　それが母さんによくなかったんじゃないの？」

「ケンカなんかしてないよ。俺はこのまま店に行くから、荷物よろしくな。暑いからタクシー使いなさい」

電話は慌しく切れた。

わたしは着替えの荷物をまとめるために、薫子おばさんの部屋に入った。

この部屋に入ることはめったにないことだった。なぜなら部屋の主が旅に出ているあいだは、いつも鍵がかけられていたからだ。時々母が合鍵を使って入り、部屋に風を通したり、掃除機をかけたりすることはあったが、用事が済むと必ず鍵をかけておき、開けっ放しにすることはない。おばさんがここに滞在しているあいだも、外出時には鍵をかけていく習慣があった。それはおばさんの仕事の性質上、やむをえないことだと言われていた。極秘の書類や社外秘の重要データなどを扱っているから、行動は慎重にならざるをえない。うちは店舗とは別になっているが、時々店の従業員や取引先の人間が出入りすることもあるので、念には念を入れているとのことだった。

今朝はさすがに慌てて出たので、鍵はかかっていない。クイーンズサイズのベッドが寝て起きたままになっている。パジャマもそのへんに脱ぎ捨ててある。きのう着ていたリーヴァイスのヴィンテージもののジーンズと白い麻のシャツがベッドの下に放り出されている。いつもつけているロードス・ノイエスの、甘くて深い、森のような、海のような、わずかに野性的な残り香が塵のように部屋の空気に留まっている。これは男もののオードトワレだが、薫子おばさんにとてもよく似合っている。

いつものスーツケースがクローゼットの前に立てかけられていた。扉を開けるためにスーツケースをどかそうとして、わたしはそれがひどく重たいことに気づいた。蓋を開けてみると中身がきちんと整頓されて詰まっていた。それはわたしの目から見ても、いや誰の目から見ても、旅を終えて帰ったあとの前回の名残の荷物ではなく、これから出発していくために新しく整えられた荷物だった。わたしの胸はふるえるようにかたかたと鳴った。

おばさんはまた旅に出ようとしている。しばらくはどこへも行かないと言ったばかりなのに。そのことが朝のケンカの原因であり、そして母の発作の原因だったのだろうか？　もしそうなら何かおかしい。突然の出発はいつものことで、それに異議を唱えて引き留めるのはルール違反のはずではないか。今回の長い滞在には何かわけでもあるのだろうか？　この家にはわたしの知らない隠し事がどうやらたくさんあるようだ。

とりあえず三日分の下着や靴下やTシャツを適当に選んで紙袋に詰めると、わたしの目はデスクの上に置かれたままになっているノートパソコンに惹きつけられた。いつも旅に持ち歩いている超軽量のマシンがコンセントに繋がれて、充電完了のライトを点灯させている。きっと最後に詰めるつもりだったのだろう。その小さな精密機械のなかにはわたしの知らない薫子おばさんの秘密がぎっしりと詰まっているに違いない。あるいはこの家の秘密の一端も。

なぜそんなことをしたのかわからない。気がつくとわたしはデスクの前に座って、パソコンの電源を入れていた。電源が入ると、パスワードの確認画面が出た。予想はしていたが、やはり簡単には覗けないようになっている。わたしは深呼吸してから、まずKAORUKOと入力してみた。「パスワードが正しくありません」というエラーマークが出た。次に期待をこめてMIDORIOと入れる。またしてもエラーマーク。それならと、かなりの確信をもって母の名のFUMINEと入れる。

だが次の瞬間にわたしの心臓はでんぐり返りそうになった。「システムは使用できません」というメッセージが表示され、すさまじい警告音が響きわたったのである。三回続けてパスワードの入力に失敗するとそれ以上試すことができなくなるように設定されているらしい。わたしは慌てふためいてキーボードやフラットポイントをいじってみたが、何の反応もない。仕方なく電源を切るしかなかった。部屋はようやく静けさを取り戻した。

その途端に、デスクの上の充電器に置かれている携帯電話の着信音が響きわたって、再びわたしを凍りつかせた。着信ランプを点滅させながら「男はつらいよ」のテーマ音楽がのどかに鳴り続けるのを、わたしは固唾(かたず)をのんで見守っていた。番号は非通知になっていた。なぜか母がおばさんに向けてかけているような気がした。でもそんなことはありえない。母は今、おばさんに付き添われて病院にいるのだから。結局のところわたしが電話を取ってしまったのは、それがありえないことだという事実をただ確認したかったからだ。

「碧生かい？　そこにいるね？」

薫子おばさんの声が雑音とともに聞こえてきた。雑音が多いせいか奇妙にフラットな感じがして、声色の調子まではつかめなかった。

「うん。頼まれた荷物詰めてる」

わたしはふるえないように気をつけて言った。おばさんはしばらく黙ってから、着替えと一緒に携帯電話も持ってきてくれるようにと言った。すぐに持っていくから、とわたしは答えた。

母は個室に入っていて、わたしを見ると力なく微笑んだ。その微笑があまりにもうすく頼りないので、わたしは思わず母の手を握りしめた。

「薫子ちゃんは？」

「売店」

「わたしが泊まろうか？」

母は首を横にふった。言葉を口にするのもしんどそうだ。

「薫子ちゃんのほうがいい？」

母は頷いて、今度は目だけで微笑んだ。

母の手はいつも白くてつめたい。そこに指が十本ちゃんとあることを、わたしは時々無意識のうちに確かめている。気がつかないうちに一本か二本、溶けてしまっているのではないかと思って。わたしがそんなふうに思ってしまうのは、母が自分の手のひらをじっと眺めているのを子供のときによく見ていたからだ。母もまた指が十本あることを確認しているように見えた。その姿を見るとわたしはいつも胸がつぶれそうになった。なぜか母に捨てられるような気がしてならなかった。

「大丈夫だよ。薫子ちゃんは旅に出たりしないから」

励ますように言うと、母は不安そうな目を向けた。

「こんな母さんを置いて、どこへも行ったりしないから。わたしがどこへも行かせないから」

母はかるく頷いて、目を閉じた。そこへ薫子おばさんが、よっ、といつもの挨拶をして入ってきた。手には食堂からテイクアウトしてきたクリームソーダを持っている。母はここのクリームソーダが好きで、この病院に厄介になるたびに必ずリクエストするのだ。でも全部は飲みきれなくて八割方を残すから、残りをわたしと父か、わたしとおばさんとで分け合うことになった。だからうちの家族にとってこの緑色の液体は心なしか不吉な感じのする飲み物だった。

クリームソーダの正しい飲み方を教えてくれたのは薫子おばさんだ。最初からアイスクリームとソーダ水を混ぜ合わせてはいけない。ソーダ水の味とアイスクリームの味を別々に楽しんで、ソーダ水が半分くらいに減ったあたりでおもむろに搔き混ぜる。そうすれば一杯の飲み物で三種類の味を楽しむことができる、というわけだ。母が飲むのは搔き混ぜたあとの一番おいしいところに限られていた。

「着替えありがとうな。もうおまえは帰っていいよ」

ソーダ水を半分まで減らす前半部分を担当すると、もうわたしはお役御免になった。薫子おばさんはスプーンでクリーミーな液体を掬(すく)い、ひとくちずつ母の口まで運んでやっている。つめたい、と母が顔をしかめると、ごめんごめん、と言っておばさんがいったんスプーンごと中身を自分の口に入れ、温度を調整してから再びそれを母の口に運ぶ。

それはいつもの見慣れた光景だった。熱いスープを飲ませるときもそうだった。父もまったく同じことをしているのをわたしは幾度となく見てきた。それなのにあの写真を見てしまった今では、とても平静ではいられない。

「何ボーッと見てる。早く帰って留守番してな」

「わたしがいたら邪魔？」

「バカなこと言うな。おまえがいるとママが気を遣って疲れるんだよ」

「わたしもうそんなに子供じゃないよ」

「病人ってのは、誰かがそばにいるだけで神経にさわるものなんだ」

「だってわたし娘だよ？　どうして血の繋がった娘より、他人の薫子ちゃんのほうが神経にさわらないの？」

カチンときて、思わず言い募っていた。言ってから、他人という言い方はいくら何でもあんまりだったと、たちまち後悔した。わたしは母にもおばさんにも叱り飛ばされるかと思った。でも母にはそんな気力さえなく、おばさんもいちいちそんなことに頓着してはいられないというようにスプーンに神経を集中させていた。

「そりゃあ、碧生よりおいらのほうがママと長いつきあいだからさ。碧生が生まれる前から知ってるんだから」

「長いつきあいって、いつからなの？」

「香丞のお嫁さんになったときからだから、かれこれ十八年になるかなあ」

嘘だ。嘘だ。このひとは平然と嘘をついている。わたしの目を見て、いけしゃあしゃあと嘘をついている。

「じゃあ、父さんと母さんはできちゃった婚だったの？」

「そういうことになるかな」

「父さんと母さんはどこで知り合ったの？」

薫子おばさんと母は曖昧な表情を浮かべて顔を見合わせた。静かな湖面にどこからか小石が飛んできて、その波紋を眺めるような表情だった。スプーンのなかのクリームソーダが垂れて母の胸元に零（こぼ）れ落ち、薄い水色の病院着にカメオのようなしみをつくった。隠そうとしても隠し切れない動揺を暴くかのように、一瞬の手のふるえが鮮やかなカメオのようなしみをつくった。それはしみというよりは、母の胸に飾られた小さな装身具のように見えた。

「そんなこと、今ここでするような話題か？」

薫子おばさんはクリームソーダを拭き取りながら不機嫌そうに言った。

「ママが疲れてるのがわからないのか。もう帰りなさい」

「どうしてわたしを締め出すの？　最近変だよ。いつもいつも二人きりでいて」

「思春期の苛立ちを病室でぶつけるな」

「また旅に出るつもりだったくせに。母さんが倒れなきゃ、今頃はもう飛行機に乗っていたくせに。薫子ちゃんは気楽でいいよね。寅さんみたいにさ、いつでも帰りを待ってる人達がいて。ふらっと出てって、またふらっと帰ってきて。母さんも父さんも、旅行なんかしたくてもできないんだよ。そんな自由なんかないんだよ」

「旅行じゃない。仕事だ」

「じゃあ訊くけど、薫子ちゃんの仕事って一体何なの？　どんなことしてるの？　どうして誰にも説明できないの？　教えてよ」

もうやめて、と母が喉から声を絞り出した。お願いだからケンカしないで。

「わかったよ、ごめん」

おばさんは母のおでこに自分のおでこをこすりつけて、いたわるように髪の毛を撫でた。そのやさしい愛情に溢れた仕草を見ると、体の奥がカッと熱くなって、目の前がくらくなり、体じゅうにどす黒い煙がまわっていくような悲しみを覚えた。それは幼いわたしが泣いたとき、おばさんがよくしてくれた仕草だった。

「言いたいことがあるならあとでゆっくり聞くよ。こっちもおまえに言うことがある。でもそれはママが退院してからだ。今すぐここから出て行きなさい」

母が何か言おうとしたが、わたしは次の瞬間にはもう病室を出てしまっていた。怒りにまかせて、少しだけ、ほんの少しだけ、音を立ててドアを閉めた。母にさよならも言わなかった。やさしい言葉ひとつかけてやらなかった。わたしに語りかけようとした言葉に耳も傾けなかった。

あとになってから、わたしはこのときの行いを死ぬほど後悔することになった。なぜなら、母は翌朝早く神に召されたからである。

わたしが母を見たのは、それが最後になってしまった。

そして母にとっても、それがわたしを見た最後になった。

笑顔ではなく、怒った顔と不信に満ちた眼差しを母の目に刻み込んだまま、わたしは母と永訣してしまったのである。

4

その電話がかかってきたとき、わたしは薫子おばさんの部屋で、おばさんのパジャマを着ておばさんのベッドで眠っていた。ゆうべここに忍び込んで泣いていたら、寂しくてたまらなくなり、そのまま夜を明かしてしまったのだ。誰かが階段を上がってくる音がして、わたしはぼんやりと目を覚ました。ドアの開く音ではっきりと覚醒した。

「ここにいたのか。碧生、起きなさい」

ああ怒られる、と思って目を開けると、父がこわい顔をして立っていた。

「ごめんなさい。薫子ちゃんには内緒にしてね」

わたしは怒られる前に謝っておいた。まだ眠くてたまらなかったので、寝返りをうって父に背を向けた。

「起きなさい。母さんが死んだんだよ」

父の声はとても穏やかで、母さんが飛んだんだよ、と言っているように一瞬聞こえた。

夢の中の声のように現実感がなかった。

「ごめん、蝉がうるさくて聞こえなかったよ。今、なんて言ったの？」

父はもう一度その言葉を口にするのは耐えられないというように、ただわたしを抱きしめた。まるで世界の淵から落っこちないように、必死で何かに縋りついているような抱き方だった。蝉の鳴き声に掻き消されて父の嗚咽は聞こえなかった。

「母さんはそんなに悪かったの？　どうして教えてくれなかったの？　これじゃ心の準備もできないよ。父さんも薫子ちゃんもずるいよ。大事なことは二人だけで抱え込んで。だってわたしの親なのに。わたしの親なのに」

ゆるしてくれ、と父は呟いたように思う。

遠く近く、つんざくように蝉が鳴いている。

わたしはあれほどすさまじく切羽詰まった蝉しぐれを聞いたことはない。

鎌倉じゅうの木という木に張りついている蝉という蝉が、一斉に母の死を悼んでいるようだった。

　わたしたちが病院に駆けつけると、とんでもないことが起こっていた。

「実はご遺体が消えてしまったんです」

　と、若い看護師がわたしたちを霊安室に案内しながら申し訳なさそうに告げた。

「ついさっきまでここに安置してあったんです。おかしいなあ。本当に、ついさっきまでここに……」

「おい、人の女房を、紛失した荷物みたいに言うなッ！」

　父が誰かを怒鳴りつけるのを、わたしはほとんど初めて聞いた。店の従業員さえ怒鳴ったことのない父だった。怒り方も、怒ったときの声の調子も、きょうだいとはよく似ているものだ、とわたしは思った。

「あんたじゃ駄目だ。責任者呼んでこい！」

　父の剣幕に押されて、すぐに婦長が飛んできた。婦長はまず丁寧にお悔やみを述べ、それから声をひそめて、

「付き添っておられたお姉様がご自宅にお連れになったのではありませんか？」

　と言い、

「病院の許可も得ずに無断で、ということですが」

と付け加えた。

「そういう連絡は受けていませんが」

「お姉様も一緒に消えている以上、他に考えられることはないのでは？」

婦長はあくまでも、自分たちに非はなく、むしろ迷惑を被(こうむ)っている側なのだという態度を崩さなかった。

「ちょっと確認してきます」

父は電話をかけに行き、わたしは駐車場を見に行った。薫子おばさんのフィアットはどこにもなかった。家も携帯も電話が通じない、と父が青い顔をして言った。

「携帯の電源が切ってある」

「わたし、家で待ってみる。薫子ちゃんが母さんを連れてそのうち戻ってくるかもしれないから」

「そうだな。そうしてくれ。今頃はもう家に着いてるかもしれない。俺も支払いや手続きを済ませたらすぐ戻るよ」

婦長は同情的な眼差しをわたしたちに向け、

「お姉様はそれは献身的に付き添っておられました。担当の者に聞いたのですが、奥様が息をお引き取りになったとき、二人だけにしてほしいと仰って、三十分間誰も病室に入れずに、ご遺体と添い寝していらっしゃったそうです。ですからきっと悲しみのあまり、一時的に前後がわからなくなってしまわれたのでしょう」

と言った。せめてもの慰めのつもりらしかった。

「姉はずいぶん取り乱していましたか？」

「いいえ、落ち着いていらしたそうです」

「もし家に戻っていなかったら？」

「警察に連絡したほうがいいでしょう。この暑さですから、ご遺体が傷（いた）みはじめるのも時間の問題かと……」

「大丈夫、きっと家に帰ってますよ」

父は自分自身に言い聞かせるように言った。

蒼白な顔にうっすらと無精髭がのびていた。

家に戻ると、父からの連絡を受けて親戚たちや店の人間が少しずつ集まってきた。祖母の妹にあたる鵠沼（くげぬま）の大叔母が葬儀を段取りすることになり、早速葬儀社の人間を呼んで打ち合わせがはじまった。家の中は急にバタバタしはじめた。わたしはどこかよその家の取り込みの様子を眺めるような非現実感のなかでぼんやりと蟬の声を聞いていた。

午後になっても、薫子おばさんも、母の遺体も、フィアットも、まだ戻ってこなかった。

一体おばさんはどこでどうしているのだろう？　死体とドライブしている薫子おばさ

んの姿が頭の中に浮かんでは消え、いやな予感が時間とともに強くなっていく。母の死体を抱きしめて、どこへ行くつもりなのだろう？ なぜ父やわたしと悲しみを分かち合ってくれないのだろう？

「文音さんの写真、ある？」

大叔母の声でわたしは我にかえった。

「あ、はい」

「用意しておいてね。一番いいやつ」

「いいやつって？」

「一番きれいなママの写真よ」

それなら薫子おばさんが持っている、とわたしは言いそうになった。その言葉を口の中に封じ込めるかわりに、まさにそのかわりのように、涙がポロッ、とあふれてきた。涙もろい大叔母はそれを見るとわたしの手を取って泣き出した。一緒に泣けるかもしれないと思ったが、わたしの涙はその一粒しか出なかった。

そこへ父が帰ってきた。憔悴しきった顔をして、虚ろな目をして、魂のぬけた足取りで。父はわたしを一瞥して、

「まだ帰ってないんだな？」

と低い声で言った。わたしは頷いた。

「そういえば薫子はどうしたの？」

「いなくなっちゃってね」

大叔母にきかれて、父が投げやりに答えた。

「文音さんの亡骸もまだ来ないのよ」

「だから、一緒にいなくなっちゃったんですよ」

「何ですって？」

大叔母の涙と鼻水がぴたりと止まった。

「香ちゃん、どういうことか説明してちょうだい」

「説明も何もない。薫子が文音の遺体を霊安室から持ち出して現在行方不明。以上」

「だから、それは一体どういうことなの？　遺体もなしにお葬式なんかできないわよ。あんたたちはまったく何やってるの。何考えてるの。宇喜田の家の当主夫人が亡くなったのにお葬式を出さないわけにはいかないでしょ。早く薫子を見つけ出しなさい！」

大叔母は失神せんばかりに怒りまくった。父は吸い込まれるように畳に座り込み、頭を抱え込んだ。

「この炎天下に死体連れて、どこほっつき歩いてんだか」

「しっかりしなさい、香丞。落ち着いて、あの子の行きそうなとこ考えるのよ」

父はぱっと立ち上がり、うわ言のように繰り返した。

「ちょっと待ちなさい！　家の問題を警察沙汰にしてどうするの！　大体どうして薫子が文音さんの遺体なんか持ち出したりするのかしら。あの子は昔っからやることがいちいちわけわかんないわ。顔も頭も親戚じゅうで一番いいのに結婚もしないで。不憫といえば不憫だけれど」

葬儀社の人が大叔母の指示を仰ぎに来たおかげで、父は尋問から解放された。

「通夜は明日、本葬はあさってですからね。絶対にそれまでに自力で薫子を見つけ出すのよ。香丞も碧生も、泣くのはお葬式が終わったあとにしてちょうだい」

大叔母が応接室へ行ってしまうと、あとには蟬の声だけが残された。わたしも、父も、思考停止状態に陥っていた。指一本、睫毛ひとつ動かす気力もなかったが、もっとひどい状況になりうるかもしれないという恐怖心が刻々とふくれあがってきて、いても立ってもいられないのだった。

「鵠沼のおばさんはああ言ってるけど、警察行ったほうがいいんじゃないの？」

「なぜそう思う？」

「薫子ちゃんが……後追いするんじゃないかって……」

「あいつはそんなに弱い女じゃないよ。たぶん、気持ちの整理がついたらいつものようにおどけて帰ってくるさ」

「父さんも、家の体面とか気にしてるの?」

「そうじゃない。もし後追いする気なら、死体は連れて歩かないんじゃないかって思うんだ。俺たちにできるのは、信じて待っててやることだけかもしれないな」

「わたしはこわいよ。この家で何が起きてるのかわかんない。母さんのことも、薫子ちゃんのことも、それに父さんのことだって全然わかんない。家族だと思ってたのに、まるで赤の他人みたいに遠い人たちだよ」

千匹の蟬の屍骸の降り積もる庭に向かって、わたしはその言葉を投げつけた。夏の命の輝きの残滓を吸い取って、庭はしんと静まりかえっていた。

ああ、うちの家族はいま、毀れた。

わたしはそう思った。何も、誰も、信じることができない。

父はしばらく何も言わなかった。重い沈黙のなかで、でも百万の言葉がせめぎあっていることがその背中から伝わってきた。

「車に乗りなさい」

やっとのことで父がかすれた声を出した。

「薫子を探しに行こう」

「どこか心当たりがあるの?」

「ふたりの思い出の場所がいくつかある。順番にたどっていけば、どこかで見つかるかもしれない」

「どうして父さんがそんなこと知ってるの？」

「車の中で話してあげる。おまえには言うまいと思っていたが、そんなふうに言われたらこのまま話さないでいるわけにはいかない。妻に死なれたうえに娘まで失ってしまったら、俺はとても生きてはいけない」

父は立ち上がってわたしを促した。

それが父とわたしとの、家族の秘密をめぐる長いドライブのはじまりだった。

考えてみたらわたしは父の人生について、ひとりの男としての宇喜田香丞の人生について、きちんと考えたことは一度もなかったかもしれない。いや、父だけではない。母の人生についても、ひとりの女としての宇喜田文音の人生についても、あらためて考えたことはない。父と母がどんな出会いをして一緒になったのか、そこにどんなロマンスがあったのか、なぜわたしがこの世に生まれてくることになったのか、当然知るべきことを知ろうともしなかった。それはとても大切なことだったのに。

母を亡くしてしまったあとで、こんなふうに父とドライブしながらそんな話をすることになるなんて、本当に不思議な気がする。それは死者を悼む行為というよりは、生き残った者がばらばらになってしまわぬためにかろうじて絆の断片を探し求める悲愴な行為のように思われた。わたしも緊張していたが、父も少し緊張しているように見えた。

「ゴージャスな姉と、貧相な弟。薫子と俺は今でこそそんなふうに言われているけどね、これでも昔は俺だってそこそこの美少年だったんだよ。子供の頃はうりふたつでね、薫子は男の子みたいな格好しかしないもんだから、よく双子の兄弟と間違われたものさ。何をするにもどこへ行くにもいつも一緒で、中学まで一緒に風呂にも入ってたし、同じ布団で寝てたしね。親父もおふくろも何も言わなかったよ。うちはみんなどこか鷹揚なところがあったから。鷹揚というより、無関心だったのかな。何してても他人に迷惑さえかけなきゃいいって感じだったから。あとはどちらかがちゃんとうちの看板継いでくれさえすれば、何をしてもかまわないってところがあった。逆に言えば、最後のそこんとこだけは逃げられないように、ほかを自由にさせていたんだろうね」

「わたしもそれは感じる。それって家風なの?」

「何代にもわたって培われてきた生活の知恵、ってやつだろう」

「父さんは絵描きになりたかったんだよね?」

「美大へ行くことは許してくれた。家風といえば、うちは情操教育には金を惜しまないのが何よりの家風なんだ。結局それはいつか菓子づくりに役立つからね。実際、美大で勉強したことは今の仕事にとても役立ってる。絵じゃなくて音楽や、ダンスや、文学を選んでいたとしても、必ず役に立っていたと思うよ。だから碧生にも、できたら商学部や経済学部じゃなくて、そういう勉強をしてほしいと思ってる。もちろんおまえが商学部や経済学部に進みたいっていうんなら、反対はしない。好きな勉強をすればいい。まあ、進路のことはいずれゆっくり話そう」

車は海沿いの幹線道路を走っていた。

「話がそれちゃったな。どこまで話したっけ？」

「仲のいい姉と弟が一緒にお風呂に入ったり、一緒に寝たりする変態的なところまで」

父は苦笑した。

「姉と弟というより、兄と妹みたいだったな。俺より薫子のほうがずっと男性的だった。女の子にも人気があって、バレンタインデーのときはあいつのほうがたくさんチョコレートもらうんだ。俺だってもてないほうじゃなかったけど、薫子には負けたね。バスの中でいきなり知らない女の子からラブレター渡されて喜んだら、お姉さんに渡してくださいって言われてがっくりきたこともあったなあ」

「何となく、わかる気がする」

「それがすごくかわいい子でね。薫子と同じ高校の制服着てるんだから学校で直接渡せばいいのに、わざわざ俺に頼むんだよ。それからしばらくして、薫子がその子をうちに連れてきたときはびっくりしたな。ふたりはつきあいはじめていたんだ」

車は幹線道路をはずれて緩い坂道をのぼりはじめた。

「つきあうって？」

「文字通りの意味だよ。ふたりは恋人同士だった。俺の前でも実に自然に、正々堂々とイチャイチャするもんだから、まったく違和感は感じなかったな。薫子はかわいいガールフレンドを俺に自慢したかったんだろうし、弟のことも彼女に見せたかったんだろう。それからちょくちょく遊びに連れてくるようになった。横浜へ映画見に行ったり、ハマボールへボウリングしに行ったり、三人でよく遊んだよ。海で遊ぶ以外のことはたいていやった。彼女、体が弱くてね、海には入れなかったんだ」

「それが、母さんだったんだね」

車はとある高校の前で停まった。夏休み中なのでひと気はない。父は車を降りて校舎を見上げた。

「ここはふたりのかよっていた高校だ」

「薫子ちゃんがここにいるかもしれないの？」

「わからない。でもあのふたりは、ここにいるときが一番幸せだったんだよ。だからもしかしたらと思ったんだ」

わたしたちは敷地内に侵入し、裏口の駐車場にまわってみた。でも薫子おばさんのフィアットはどこにもなかった。路駐できそうな近くの路地も歩いてみたが、見つからなかった。

「わかんないよ。薫子ちゃんの恋人だったひとがどうして父さんと結婚したの?」

「何度も三人で遊んでるうちに、俺が文音を好きになってしまったんだ。いや、そうじゃないな。初めてバスの中で文音に声をかけられたときから、好きだったんだと思う」

「でも母さんは薫子ちゃんが好きだったんでしょ? ふたりはすごく愛し合っていたんでしょ?」

「男が本気で女に惚れたら、奪うもんだ」

「相手がたとえ大好きな姉の恋人でも?」

「ああ。たとえ大好きな姉の恋人でもだ」

わたしたちは車に戻った。父はエンジンをかけ、次の場所へ行こう、と言った。車は坂道を下りながら住宅街を抜け、再び海沿いの幹線道路に戻った。

「教えてよ。どうやって母さんを薫子ちゃんから奪ったの?」

わたしはひどく冷たい目をして父親のことを睨みつけていただろう。二十五年前の出来事が今、薫子おばさんに死体とのドライブをさせているのだとしたら、わたしだけはあのひとの味方になるつもりだった。

「それを話せば、きっとおまえは俺を軽蔑するだろうな」

「でも話してほしい。わたしはなぜ自分がこの世に生まれたかを知りたい」

父は頷いて、ひとつ深呼吸をした。

「ある日、両親が箱根の別荘に行って留守のときに、文音がうちに泊まりに来た。試験勉強を薫子と一緒にすることになってたんだ。ふたりは真面目に夜中まで勉強してた。でも二時頃には切り上げて、寝ることにしたらしい。彼女が先に風呂に入り、そのあとで薫子が風呂に入った。俺は一足先に自分の部屋で休んでいたんだけど、気になって眠れないんだな。薫子が風呂に入っているあいだに、そっとあいつの部屋に忍び込んだ。もう電気が消されていて、部屋の中は真っ暗だった。薫子のベッドで、文音が背中を向けて横になってた。お風呂早かったね、って彼女が眠そうな声で言った。俺のことを薫子と間違えてたんだ。俺は背中から彼女に抱きついて、何も言わずに抱いた。途中まで文音は俺だと気がつかなかったよ」

「どうして……男なのに？」

「薫子の使うシャンプー使って、薫子のつけるコロンをつけて男の匂いを消しておいたんだ。あのとき俺はまだ十五、六のガキで、身長も薫子と変わらなかったし、骨格も少年のものだった。体毛もほとんど生えてなかったから、肌ざわりも女に近かったと思う。彼女が気づいて俺を振り返ったときにはもう遅かった。香ちゃんなの、って彼女は言った。驚きのあまり抵抗することも忘れてただふるえてた。ごめん、としか俺は言えなかった。ごめん、ごめん、ごめん、ごめん、って何回も。小さくふるえて透きとおるように青ざめる文音を見ながら、俺はようやく想いを遂げたんだ」

「ひどい……最低」

父はその言葉にショックを受けたようだった。

「最低か。そこまで言うか」

「だって薫子ちゃんのふりをしてそんなことするなんて」

「あの頃の俺たちはとてもよく似ていたんだよ。薫子のトレーナーを俺が着たり、俺のシャツを薫子が着たり、しょっちゅうそんなことしてたし、後ろ姿で薫子に間違えられたこともある。俺と薫子は未分化の一卵性双生児みたいなところがあったのかもしれない。薫子の好きになる小説は俺も好きになった。薫子の好きになる音楽は俺も好きになった。薫子の好きになる女の子を俺が好きになるのは、とても自然なことだった」

「だからって、服を着まわすみたいに女の子を共有してもいいの？」

「そんなつもりはなかった。もっと真剣だったよ。文音を抱いたとき、俺たちはようやくひとりひとりの人間として分化できたような気がする。俺と文音が結婚したのはそれから七年後のことだ。結局俺も、文音も、あのときのことを七年間忘れられなかったんだ」

「じゃあ母さんは、それがきっかけで薫子ちゃんから父さんに心変わりしたの？」

「そんなに簡単なことじゃない」

車はいつしか長谷（はせ）のあたりを走っていた。この界隈をふたりでよくデートしていたはずなんだ、と父は言った。文学館、吉屋信子記念館、光則寺、極楽寺方面へ抜けて成就院。車は舐めるようにゆっくりと走り、もう過ぎ去って戻ってはこない日々を追憶しながら赤いフィアットを探していく。よく立ち寄ったという古い喫茶店はもうない。レンタサイクルを連ねて若い観光客のグループが濃い緑の滴る坂道を疾走していく。父は眩しそうに彼らの後ろ姿を眺める。

「文音は決して心変わりしたわけじゃない。彼女はいつも変わらずに薫子を愛していた。そして薫子のことを愛するように、俺のことも愛するようになったんだ」

「ふたりを同じように？」

「同じように好きだと言った。どちらかを選ぶことはできない、と」

未分化の愛、という言葉が、わたしのなかで生き物のように蠢きはじめる。きょうだいである二人の人間を、それも男と女を、まったく同じように愛することなどできるのだろうか？

「薫子ちゃんは、そのことを知っていたの？」

「もちろん、すぐに気づいたと思う。でも俺には何も言わなかった。高校を卒業すると、あいつは鎌倉を離れて地方の大学に進んでしまった。大学を出てからはおまえも知ってのとおり、旅の暮らしがはじまった。俺はそのあいだ、まるで薫子のかわりのように、ずっと文音のそばにいたよ。絵描きになる夢をあきらめて俺が店を継ぐことにしたのは、どこかに薫子に対する負い目があったからかもしれない」

「その七年のあいだに、母さんと薫子ちゃんは一度も会わなかったの？」

「薫子が鎌倉に帰ってくれば、三人で会ったよ。でももう昔みたいじゃなくて、文音とは弟のガールフレンドとして接していたけどね」

「じゃあ、父さんが薫子ちゃんを鎌倉から追い出したようなもんじゃない。薫子ちゃんは自分から身を引いて、母さんを父さんに譲ったんじゃないの」

わたしは激昂して言った。奪った父は一番ずるい。ふたりとも好きだなんて言う母もやっぱりずるい。死ぬほど愛していたのに潔く身を引かざるをえなかった薫子おばさんだけが、一番悲しくやるせない。

「でもな、文音と結婚しろって勧めてくれたのは薫子なんだ。どうせいつか他の男に取られるくらいなら弟にくれてやるほうがいい、そうすれば親戚にもなれるし、一生どこかで繋がっていられる。女が本気で女に惚れたら、引くもんだ。そう言ってな」

「すごいね……薫子ちゃん」

「俺もあの言葉にはかなわないと思った」

車は稲村ガ崎から逗子方面へ向かう海岸道路を走っていた。目を凝らして、このへんの海辺をよく見ててくれよ、と父が言った。その途端だった。あっ、とわたしと父は同時に声をあげた。まさにそのとき、反対車線を走る赤いフィアットとすれ違ったのだ。

「顔を見たか？」

「よく見えなかった。でもあの車で間違いないよ」

Uターンしてあとを追いかけるには、車列がうまい具合に途切れるまでしばらく待たなければならなかった。フィアットはあっという間に見えなくなってしまった。

「やっぱりあいつ、この海を見に来たんだ」

と父が言った。

「ここにはどんな思い出が？」

「碧生がまだ文音のおなかのなかにいるときにね、三人で来たんだ。妊娠がわかって、でも心臓への負担を考えたら堕ろすほうがいいだろうと言われていて、そんなときにひょっこり薫子が帰ってきたんだよ。あいつは絶対に堕ろすな、って。母体が危険になるかもしれない、たとえ無事出産できたとしても文音の体ではとても育てられないから、俺は堕ろすべきだと言った。そうしたら薫子は、自分が育てるからってきかないんだ。三人で海の前でどうすべきかえんえんと話し合った。あれが最初の家族会議だった」

「わたしが殺されずにすんだのは薫子ちゃんのおかげなんだね」

「おまえを命がけで産んでくれたのは母さんだよ。妊娠も心から望んでた。その気持ちは父さんも同じだった。だからいいか、おまえがこの世に生まれたのは、父さんと母さんが恋をしたからだ。それだけは嘘じゃない。胸をはって言える」

父は目尻から溢れ出そうとしている水滴を指先で止めた。照れているのか、それきり黙り込んでしまった。わたしはわたしで胸がいっぱいになって何も言えなかった。直球は受け止めるのに力がいる。

今日はずいぶんたくさんの話を聞いたが、結局父はこのことだけを言いたかったのだろう。いろんな思惑がもつれてぐちゃぐちゃになっている状況のなかから、シンプルで揺るぎようのない事実だけを取り出して、わたしに差し出したかったのだろう。

しばらくお互い黙り込んだまま走っていると、父の携帯電話が鳴った。

「あ、おばさん……え、薫子が……はい、わかりました、すぐ戻ります」

父は電話を切るとわたしを見てウインクした。

「薫子ちゃん、家に帰ったの？」

「たった今だって」

「ああ……よかった」

「ドライブはおしまいだ。俺たちも帰ろう。三人で母さんを送り出してやろう」

父も、わたしも、ようやく安堵の息を吐いた。一番長くて暑かった一日が、ゆっくりと相模湾の上に暮れかかろうとしていた。

5

　薫子おばさんがおこなった数時間の死体とのドライブについては、本人からも何の説明もなかったし、わたしたちも何もきかなかった。怒り狂っていた鵠沼の大叔母も、あまりに憔悴した本人の姿を見ると何も言えなくなってしまったそうで、この問題はそれきり不問ということになった。

　葬儀が終わるまで、薫子おばさんは喪主である父と同じくらい忙しかったので、ゆっくり話す時間はなかった。おそらく親戚じゅうの人間が、これほど沈み込んでいる薫子おばさんの姿を初めて見た。その沈痛な様子は祖母が亡くなったときの比ではなかった。母を亡くしたわたしよりも、妻を亡くした父よりも、誰もが薫子おばさんに気を遣っていた。

　母は一人っ子で、母方の祖母はすでになく、親戚も少ないひとだったので、葬儀に参列した母方の関係者は宇喜田家の参列者に比べると圧倒的に少なかった。商売をやっている家と、普通のサラリーマンの核家族との違いかもしれない。母方の祖父はメーカーを定年退職した技術者で、今では関西に住んでいることもあってお盆や正月もうちに訪ねてくることはなかったから、めったに会ったことはない。当初、宇喜田の祖父母から病弱を理由に結婚を反対されたことが今でもしこりとして残っているようだった。

「碧生ちゃんか。大きくなったね」

「ごぶさたしています」

「進路はもう決めたの？」

「いいえ、まだ」

「あんたにはいろいろ重圧がかかって、大変だろうね」

「はあ」

「まあ、しっかりおやんなさい。何かあったら文音にかわって力になるから」

「ありがとうございます」

これだけの挨拶をぎこちなく交わすと、祖父はわたしにはもう関心はなさそうに遺族席に着いた。このおじいちゃんに会うたび、影のうすい数学の教師みたいだといつも思う。学校ではまったく目立たないが、難しい数式を自分だけは解くことができるのだという自負をどこかに隠し持っていて、だからこそ微分積分すら理解できない頭の悪い生徒を内心ではバカにしながらも辛抱強く教えることができ、そのことによってますます影のうすさを強調してしまうタイプのひとだ。

その影のうすさというか、壁の厚さというか、他者とのディスコミュニケーションのもどかしさが母と妙に似かよっていて、血というものが確実に受け継がれてゆくものならば、わたしもまたいつかこのようなひっそりとした気配を湛えて哀しく微笑む大人になるのだろうか、という気がして胸のあたりがさみしくなる。父方の祖父はわたしが生まれたときにはもういなかったから、わたしがおじいちゃんと呼べるのは物心ついてからこのひとだけだったが、心のかよわぬ継母のように遠いひとだった。きっと母も同じように感じていたに違いない。

参列者がお焼香をするたびにわたしの隣で頭を下げていた薫子おばさんの顔にはほとんど血の気がなく、指先で体のどこかをかるく押すだけで勢いよく鮮血が噴き出すのではないかと思われるほど壮絶に蒼ざめていた。わたしはおばさんの手をそっと握りしめた。その手の感触は氷というよりはドライアイスに近く、こちらの手のひらにちくちくと突き刺さってくるような痛みと冷たさを覚えた。薫子おばさんがいま涙を流したらそのまま凍ってしまうだろう。ダイヤモンドのように美しい結晶があとからあとからこぼれ落ちるだろう。その粒々を集めてネックレスをつくり、母の胸元に飾れば、母はどこかの国の高貴な女王さまのように見えるだろう。

薫子おばさんがわたしの手を握り返してきた。おまえは大丈夫か、と言っているようだった。わたしは今すぐ式場から抜け出して、薫子おばさんに言ってあげたかった。わたしより、あなたの痛手のほうがたぶん大きい。今度はわたしがあなたをギューしてあげる。ママにかわって、ママのぶんまでギューしてあげる。わたしの手はとても小さいけれど、ドライアイスを溶かすくらいの体温はある。だからそんなに露草のようにふるえないで。だからそんなにシベリアの流氷みたいに蒼ざめないで……。

納得できない、という大声が響き渡ったのは、読経と焼香が中盤にさしかかったあたりの、出入り口に近いスペースからだった。母の主治医が焼香に来たのを見つけた祖父が、遺族席を離れて彼と話し込んでいる最中の出来事だった。薫子おばさんも、父も、全身でびくっと反応するのが伝わってきた。親戚の誰かが二人を外へ連れ出すより先に父が血相を変えて飛んでいき、祖父の肩を抱いて小声で制した。

「お義父さん、やめてくださいよ。先生は精一杯やってくださいましたよ。責めるならわたしを責めてください」

「香丞くん、きみは……責められるようなことをしたのかい？」

その言葉を聞いて薫子おばさんが立ち上がり、祖父のもとへ行こうとした。だが一歩足を踏み出した途端に、おばさんは足をもつれさせて転倒した。大きな木が台風で薙ぎ倒されるかのように軋みながらゆっくりと倒れ、そのまま気を失った。

だから薫子おばさんは、母の出棺にも、荼毘に付すときにも、立ち会えなかった。

意識はすぐに取り戻したようだが、ベッドから起き上がることができなかったようだ。骨になって戻ってきた母を見て獣のように号泣し、それから三日三晩ベッドのなかで泣き続けた。それを見て今度は父が倒れた。寝床から起きられなくなり、昏睡に近い深い眠りを眠り続けた。

家の中で大人が二人もぶっ倒れていると、わたしまで倒れるわけにはいかなかった。必然的に家事はわたしがすることになった。泣いている暇がないというわけでもなかったが、なぜかうまく泣けなくて、燻った感情を持て余しながら掃除機をかけたり、洗濯機をまわしたり、スーパーへ買い物に行ったり、簡単な食事をつくったりしているうちに、夏休みの残りの日々が過ぎていった。わたしには他にもやることがあった。バスに乗って母が入院していた病院へ行き、主治医の先生と話すことだった。

松岡先生は母が長いことお世話になっていた先生だから、子供の頃からよく知っている。普段は大学病院のほうにいて、この病院に来るのは週二日だけだった。その日をねらって電話をかけると、快く会うのを承諾してくれた。わたしは病院の食堂でクリームソーダを飲みながら先生を待った。

「それ、お母さんも好きだったね。僕もそれにしよう」

先生が同じものを注文すると、食堂のおばさんに、あら先生珍しいですね、と冷やかされていた。

「ええっと、最初から掻き混ぜちゃいけないんだったよな」

「薫子おばさんに指導されたんですか？」

「そう、薫子さんに。とても愉快なあのひとは、少しは元気になったかな？」

「まだ全然駄目です。父と一緒に寝込んでます」

「じゃあ、しばらくは鎌倉にいるね」

「さあ、どうでしょうか。いつも突然いなくなっちゃいますから」

先生はソーダを半分まで飲み、それからゆっくりとクリームを掻き混ぜた。わたしが話し出すのを待つように、ゆっくりと全体を泡立たせた。母が最後に口にしたものはこれだったのだ、薫子おばさんの唾液の含まれたこの飲み物だったのだ、ということをあらためて思い出して、うまく言葉が出てこなかった。でも先生は辛抱強く待ってくれた。

そのうちに自分で自分がもどかしくて涙が滲んできた。わたしは何のためにここまで来たのだろう。聞きたい答を先生の口から聞いて、それでどうなるというのだろう。祖父のように八つ当たりをして、こんないい先生を責めるつもりだったのか？

「僕はね、もうすぐ六十歳になります」

何かを察して、先生が穏やかな声で言った。

「お母さんとのおつきあいは二十年以上になるかな。そのあいだ、お母さんは二度死にかけた。一度めは、お母さんがちょうど今のきみくらいのとき。救急車で運ばれてきてね、担架の上で僕に向かって言った言葉が忘れられない。治さないでください、このまま死なせてください、ってね。何だ、どうした、失恋でもしたか文ちゃん、って声かけると、ただ泣くばかりでね。悪いがこっちは治すのが仕事だ、心臓は治してやるが心は治せないから、あとは時が癒してくれるのを待つんだな、そう言って手術室に駆け込んだのを昨日のことのように覚えてる」

　ああ、それはきっと、父と薫子おばさんとの板挟みになっていたときだったのだろう。ふたりに愛され、ふたりを愛し、そのことによって死にたいと思うほど母は苦しんでいたのだろうか？

「二度めは、きみを出産したとき。あのときは本当に危なかった。主治医として生命の保証はできないと言ったが、死んでもいいから産みたいと言ってね。命はどうにか取りとめたものの、病気は出産以前よりずっと悪くなってしまった。今回のことは、結局あの出産のダメージが尾を引いているんだ。あのときは死なずにすんだが、お母さんは十七年かけてあのとき無理をしたツケを払っていったことになる」

「ここしばらくは安定していたように見えましたが……なぜ急変したんですか？」

「ちょっとしたことで心臓に負担がかかって急変することはよくあることだ。とくにお母さんの場合は何か深刻なストレスを抱えていたようだったから、この十数年いつこうなってもおかしくなかった。本人がどれほど爆弾のような心臓をだましだまし毎日をやり過ごしていたか、まわりにはわかりづらいものだ。だからきみのおじいさんにも怒られた。きみもやっぱり納得できないかな？」

わたしは正直に頷いた。

「そのことについてお父さんとは話したかい?」

「いいえ。ただ父は、自分を責めているみたいです」

「僕が医者として残念なのは、お母さんが積極的な治療に同意してくれなかったことだよ。僕やお父さんや薫子さんがどんなに説得しても駄目だった。はたから見ていると、がむしゃらに生きてやろうという気力がまったく感じられなかった。お母さんからそれを感じたのは、きみを出産したいと熱望されたときだけだったような気がする。まるであのときに生命力をすべて使い切ってしまって、残りの人生は余熱でまわっているような感じだった。むしろどこか、治らなくてもいいと思っているようなふしさえあった。十七歳で倒れたときのようにね。そういう患者さんとつきあっていくのは、医者としてはなかなかせつないものがある。でも一番つらかったのはお父さんと薫子さんだろう」

わたしは先生の話に衝撃を受けていた。それではまるで、わたしを産んだあとの母の人生は、ゆるやかな自殺をしていたようなものではないか。それはまったく何という人生だったのだろう！ ふたりのきょうだいに熱烈に愛され続け、からだをふたつに引き裂かれ続けるにひとしい母の人生の苛烈さを、わたしはようやく思い知ったのである。

「目の前で死にかけている十七歳の少女は、有無を言わさず救うしかない。でも二十五歳で命がけの出産をしたあとで、それから十数年かけてゆっくりと死んでいくことを選んだ意志の強い大人の女性に対して、僕ら医者には何もしてあげられることがない。医者は牧師でもなければ、カウンセラーでもない。基本的には、生きようとする患者さんしか救うことはできないんだ。きみには納得しがたい話かもしれないが、どうか納得してほしい」

松岡先生はちらりと時計を見て、悪いけどこれからオペがあるんだ、薫子さんによろしくね、と言って、レシートを持って行ってしまった。わたしは慌てて立ち上がり、深々と頭を下げた。それだけで精一杯だった。

バスに乗って家に帰ると、家の中に明かりがついていて、カレーを煮込む香りが玄関の数メートル先からあたりにプーンと漂っていた。この素敵な香りは、薫子おばさんの特製カレーだ。鎌倉に帰ってくるたびにいつもつくってくれる、数十種類の香辛料と秘密の隠し味で時間をかけて煮込む、他の誰にも真似のできない薫子スペシャルだ。レシピは絶対に教えてくれない。世界じゅうで食べてきたカレーの味をブレンドして、そこに彼女なりの創意工夫が組み合わされて、気の遠くなるような試行錯誤の果てにこの味にたどり着いたのだという。

子供の頃、学校から帰ってきて家の近くでこの匂いがしていると、たとえその日の給食がカレーだったとしても、わたしは一目散に駆け出してキッチンに飛んでいったものだった。父も店からニコニコして帰ってきた。ご近所にもこのカレーのファンがいて、匂いを嗅ぎつけると何人かは必ず食べに来た。うちでは大鍋の底に残った最後の一杯が奪い合いになるという、薫子スペシャルはそういう幸せのカレーなのである。

「薫子ちゃん、失業したらカレー屋さんが開けるね」

とみんなが絶賛するが、

「手間と材料費を考えたらとても採算あわないよ。こういうのは趣味でたまにつくるからいいんだ」

と薫子おばさんは言う。

母も大好物だった。どんなに食欲のないときでも、このカレーだけは食べていた。やっと起き上がる気になってくれたのかと、はやる気持ちで玄関を開ける。

「おかえりー。おなか空いただろう」

いつもの声で、でも少しやつれた顔で、おばさんが立っていた。母を送って黄泉（よみ）の国の入り口まで行ってきて、きぬぎぬの別れを交わし、それからこちら側に戻ってきたような顔をしていた。久しぶりに戻ったこの世が眩しくて、照れくさくて、ちょっと困っている、年を取りすぎた大きな天使のようだった。

「うん、おなか空いた」

「もしや昼にカレーを食わなかっただろうな?」

「食べようと思ったけど、ハンバーガーにした。きっと虫の知らせだったんだね」

「よしよし」

本当は病院の食堂でカレーライスを食べてしまったことは、黙っていることにした。他のカレーと薫子スペシャルとは、そもそもレベルがちがうのだ。まったく別の食べ物と言ってもいい。このひとが喜んでくれるなら、いくらでもカレーを食べよう。おなかを壊すまで食べ続けよう。

「これならきっと父さんも食べてくれるね」

そう言った途端、ふいに薫子おばさんが強くわたしを抱きしめた。

「これまでおまえに甘えてごめんな。おいらはもう大丈夫だから」

「うん」

「碧生は大丈夫か？　ちゃんと泣いたのか？」

「悲しいのに泣けないの。母さんはまだここにいるもん。カレーの鍋の中にも洗濯機の中にもいて、うまく別れられそうにないよ」

「いいんだよ。それでいいんだよ」

「薫子ちゃん……痩せたね」

抱きしめられて初めて、薫子おばさんの胸や腕がひとまわり小さくなっていることに気づいた。この一週間ほどほとんどものを食べなかったのだから無理もない。とくに胸のあたりは、乳房がそっくり削げ落ちてしまったかのように痛々しい。愛する女に死なれると、女はからだの一番大事なところを持っていかれてしまうのだろうか。おばさんの全身からは血と涙の混ざりあったような苦くてしょっぱい匂いがした。

「痩せてカッコよくなったか?」

「うん。でももっと太ったほうがステキだよ」

「そうか。じゃあガンガン食って相撲取りみたいに太ることにしよう」

「その調子。薫子ちゃんはそうでなくちゃ」

「碧生。おまえは強い子だね」

一瞬おどけたかと思うと、急に真面目な顔でそう言った。

わたしは強いのではない。

まだ誰かを死ぬほど愛したことがないだけだ。

愛するひとにこのからだを愛撫され、その手のかたちで捏ねられ美しく磨き立てられた賜物のような乳房をいまだ持たず、持たざるがゆえに失う悲しみもいまだ知ることがないだけだ。

愛するひとが黄泉の国へ旅立つとき、あの世への手土産に丹精した乳房を差し出すような、なりふりかまわぬ捨て身の恋を一度もしたことがないだけだ。

喉から血を流していとしい誰かの名前を呼び続けたことも、胸の谷間から脂汗を流してかつてそこにあったやさしい手の記憶を反芻し続けたこともない。

わたしは恋も、愛も、天国も、地獄も、何も知らない。

できることなら、こんなふうにぼろぼろになっても、胸がぺしゃんこに潰れるような思いをしても、年を取りすぎた大きい天使になっても、狂ったように愛して愛され、いとしい誰かと手に手を取ってこの世の淵からこぼれ落ちたい。打ちのめされ、追い詰められ、虚無に向かって行進していくような人生でもかまわない。

こんなふうに誰かを、ただひとりのひとを、一生かけて、馬鹿みたいに愛したい。

そうすれば母の人生が、苛烈ではあったけれど不幸ではなかったのだと信じることができるような気がするのだ。

そうして初めて、わたしはわたし自身の罪深い生を受け容れ、赦すことができるような気がするのだ。

そして明日も今日のように生きていけるような気がするのだ。

6

結局、父は薫子おばさんのカレーを食べなかった。部屋の前まで持っていったのだが、ドアも開けずに、いらない、と言った。おばさんは、ほっといてやれ、と言っただけだった。

新学期がはじまってわたしはまた学校にかよいはじめた。薫子おばさんは家じゅうの大掃除と模様替えに精を出していた。毎日凝った料理をつくり、全員の秋物を大洗濯してアイロンをかけ、靴や鍋や包丁や鏡まで磨いていた。からだを動かして気をまぎらわせているようだった。

それでも旅支度の整ったスーツケースがいつでもクローゼットの奥に用意されているのだと思うと、このまま鎌倉の家に腰を落ち着けてくれるとも思えず、いつまたふらりといなくなってしまうか、わたしはつねにおそれていた。時々夜中に国際電話がかかってくることがあり、おばさんがひそかに仕事の調整をしていることも知っていた。今はわたしと父をほうっておけないからここにいてくれているが、やがて出て行くことは時間の問題だった。抜け殻になった父との二人だけの暮らしがはじまることを考えると、わたしはひどく憂鬱な気持ちになった。

父はなかなか立ち直らなかった。寝床からは起きられるようになったようだが、ひきこもりのように母の部屋から出てこないのだ。鍵がかかっているので中で何をしているのかはわからない。その部屋はかつて祖母のためにリフォームした部屋で、室内にトイレと洗面台もついているから、その気になれば一歩も出ずにすむようになっている。

父がひきこもり生活を送っているあいだ、店は番頭格の従業員に任せていたが、ここまで長期化してくるといつまでも任せきりにしておくわけにもいかず、薫子おばさんが一時的に店に出ることになった。四人でここで暮らしていたときは時々父の手伝いをしていたので、経営のことも多少はわかっている。「宇喜田」には父のほかにも菓子職人は三人いるから菓子づくりは何とかなるのだが、店の中心が欠けたままでは微妙に味が変わってくるし、何より看板がぐらついてしまう。九月の声を聞くと例年ならば冬の新作づくりに頭を悩ませる頃である。

「香丞、冬の新作はどうするつもりだ」

溜まりに溜まった店の仕事と家事に追われてさすがにバテ気味になった薫子おばさんは、とうとう父を母の部屋から引きずり出した。本業の仕事を休んでいる焦りもあったのだろう。父の様子も心配だったがおばさんの身の振り方も心配で、わたしはどきどきしながら二人のやり取りを眺めていた。

「俺にはつくれない。前田にやらせてくれ」

「そろそろ仕事をしたほうがいい」

「仕事なんかとてもする気になれないね」

「いいかげんにしろ、子供みたいに。いつまでおまえの代わりをやらせる気だ」

「いいじゃないか。十五年以上もやって、俺はもう疲れたよ。このへんで立場を交替してみないか?」

「何だって?」

父の言い方は投げやりな感じではなく、どちらかといえばあっけらかんとしたものだった。表情にも思ったほど暗さはなく、こざっぱりして見えた。それがかえって不気味だった。

「交替ってどういうことだよ」

「薫子が店をやって、俺が旅に出る」

薫子おばさんは力がぬけたように笑った。

「おい碧生、聞いたか。おまえの父さんが壊れてるぞ」

「文音が死んでからずっと考えてたんだ。俺がここに腰を据えて来る日も来る日も菓子をつくり続けてこられたのは、文音がここにいてくれたからだ。だから俺には旅や変化や非日常は必要なかったんだ。どこにも行かなくてもこの狭い場所にはすべてがあった。薫子が旅先から絵葉書を送ってくるたび、そんなにも遠くへ行かなければ満たされることのないおまえをかわいそうだと思っていたよ。でも文音は目を輝かせて絵葉書を読んでた。何度も何度も読んで、一日じゅう眺めてた。これを見ろ、一枚残らず取ってある。地図も写真集もガイドブックも、うちには薫子の行った国のものは全部揃ってる」

父は母が大切に保管していた膨大な量の絵葉書の束を薫子おばさんに突きつけてみせた。それが母だけにあてたラブレターだったのだと、わたしは今さらのように気がついた。

「俺には必要なかったけど、文音には必要だったんだ。旅や、変化や、非日常が。そばにいる人間よりも、遠くからいつも見ていてくれる人間が」

「亡き妻を偲んでセンチメンタル・ジャーニーか。それもいいかもな。行ってこいよ。少なくとも妻の部屋にひきこもるよりずっといい。で、どこへ行きたいんだ？」

父は母の部屋から段ボール箱を三つ運んできた。そこにはこれまで買い揃えてきた地図や写真集やガイドブックの類いがぎっしり詰まっていた。

「ここ全部。薫子の行ったところ全部だ」

父は静かに宣言した。父の目は壊れてなどいなかった。むしろ深く澄んでいた。あるいはこういう壊れ方もあるのかもしれない。ある意味では父は壊れていたのかもしれない。

「俺は毎日この本と、この絵葉書ばかり読んでいたよ。旅のルートも考えてある」

「まさかおまえ……この日のために、いつか文音が死んだときのために、旅に出るつもりでこつこつと資料を集めてきたのか？」

「そうじゃない。文音が読みたがるから買ってきただけのことだ。……いや、わからないな。無意識にそんなことを考えていたのかもしれないいな」

「旅の資金はどうするんだ？　それも貯めてあるんじゃないだろうな」

「逗子に二号店を出すつもりで積み立てた金が俺の個人口座に入ってる。それを使わせてもらうよ」

静かだがいささかの迷いも揺るぎもない目で父は言った。父は地味でおとなしい男だが、こういうときの意志は驚くほど固いことを薫子おばさんもわたしもよく知っていた。父は本気で旅に出ようとしているのだ。

「ちょっと待て。娘はどうするんだ。受験を控えて今が一番大事なときなんだぞ」

「碧生なら、俺がいなくても薫子さえいれば大丈夫だよな?」

「そんな、急に言われても」

「店だってあるだろう。おまえは大事な店の看板を放棄するのか?」

「放棄するわけじゃない。しばらくのあいだ代わってくれと言ってるだけだ。長い人生のほんのひとときじゃないか。それくらいしてくれたっていいじゃないか。俺にだって一度くらい自由に生きる権利があるはずだ。何も言わずに黙って俺の頼みをきいてくれよ。薫子は俺に対してそれだけのことをしてきただろうが」

「おまえはそんなに店を継ぐのがいやだったのか?」

「そのことじゃない。文音のことだ。俺はさっきからずっと文音の話をしてるんだ」

「どういうことだよ」

「毎日絵葉書読みながら考えていてわかったんだけど、旅先からの絵葉書って返事が書けないよな。受け取るばかりで、返す言葉がどんどんどんどん溜まっていくんだよ。これは狡いよ。薫子は狡いよ」

「何が狡いんだよ。今さら何言ってるんだ」

「文音はここにいたけど、いなかったんだよ」

「わけわかんないよ」

「薫子がさらっていったんだ、俺から奪い返して地の果てまで」

「ふざけるな。いいか、おまえが奪ったんだ」

「身を引くふりをして、結局はこんなもので縛りつけて、おまえは狡いんだよ」

「よくもそんなことが言えるな。おまえがあんなことさえしなきゃ、文音はあんなふうに死なずにすんだんだよ！」

　やめて、とわたしは声にならない叫びをあげた。姉と弟がいま、仁王と般若のような形相で睨みあい、憎しみをぶつけあっている。何のためだかわからない涙がわたしの目からこぼれてくる。それはきっと母の涙だ。もうかぼそい気配になってしまった母が、わたしに託して泣いているのだ。

「母さんが泣いてるよ……もうやめようよ……」

　自分の意志とは無関係に、雪崩のような勢いでわたしは身をふるわせながらしゃくり上げていた。母はきっとこんなふうに、五歳の子供のように無心に泣きたかったのだ、と思った。

「ああ泣いてる、碧生が泣いてる」

薫子おばさんはなぜかほっとしたように言った。

「泣け、こころゆくまで泣け」

「すごい泣きっぷりだなあ。俺も一緒に泣いていいかな」

言い終わらないうちに父も泣き出した。つられて薫子おばさんも嗚咽を上げた。

わたしたちは三人で、いや四人で、母の部屋の前の廊下に立ち尽くして泣いた。

それが家族全員でおこなった、最後の出来事になってしまった。

それからほどなくして、父は本当に旅に出てしまったのである。

薫子おばさんがどうやって自分の仕事のけりをつけたのかは知らない。

でもとにかく父がいなくなってしまった以上、おばさんが店を引き受けるしかなくなった。父が一ヶ月で戻るのか、三ヶ月で戻るのか、一年になるのか、五年になるのか、あるいはもう戻らないつもりなのか、それは誰にもわからなかった。仕方がない、と薫子おばさんは腹を括ったようだった。

「あそこまで言われちゃあ、行かせてやるしかないだろう」

「父さんは戻ってくると思う?」

「戻ってくるよ。かわいい娘がいるからな。それにかわいい妻がここで眠っているんだから」

「薫子ちゃんのお仕事は大丈夫なの？」

「実を言うと、そろそろやめようかなって思ってたんだ。さすがにこの年になると旅の暮らしも疲れたしね。それにしばらくおまえと暮らしたら、離れるのがつらくなった」

「お仕事が好きなんじゃなかったの？」

「いや、好きでたまらない仕事じゃなかった。旅は好きだったけど、仕事そのものはむしろ嫌いだったかもしれない」

わたしたちは店の定休日の夕刻に、萩の寺と呼ばれる寺の境内を歩いていた。母親に死なれ、今また父親にもいなくなられて不憫だと思ったのか、薫子おばさんがおいしいものでも食べに行こう、と連れ出してくれたついでに足をのばしたのである。境内いちめんにしなだれかかり、淡くけぶるような萩の花にまみれて、寺男が焚きしめる焚き火の煙を胸いっぱいに吸い込んでいると、日本の秋はいいなあ、と薫子おばさんが言った。

「鳥が啼いて、花が咲きみだれて、空気がきれいで、何だか死にたくなるほど美しいなあ」

その言い方があまりにもしみじみと聞こえて、わたしはちょっと胸が詰まった。訊こうとしていたことを訊くのをやめて、

「薫子ちゃん、ギューしてあげようか？」

と言った。

「おいらの仕事はどんな仕事かって、いま訊こうと思っただろう」

「訊いてもどうせ教えてくれないんでしょう？」

「教えられないんだ。親も最後まで知らないまま死んだよ」

「本当にスパイみたい」

「それに、人生には知らないほうがいいこともある」

「殺し屋だったりして？」

「本当に殺し屋だったらどうする？」

薫子おばさんは穏やかに微笑んで、ふと自分の手のひらを眺める仕草をした。わたしはめまいがしそうだった。母の癖が移ったのだろうか、それとも切りつけられるようなさみしさをこのひともまた感じつづけているのだろうか。いまも、いつでも、いつまでも。わたしのさみしい母のように。

焚き火の煙が目にしみる。あの寺男は何を燃やしているのだろう。父も今頃どこかで自分の手のひらを眺めているだろうか。薫子おばさんの指は今、ちゃんと十本あるだろうか。

「本当に殺し屋だったとしても、ギューしてあげるよ。薫子ちゃんがいつでもわたしにしてくれたように」

「うれしいね。赤んぼのオムツは替えておくもんだ」

「もう、どこへも行かなくていいから。わたしがずっとそばにいてあげるから」

「泣かせるなよ。いまに碧生もあの家を出て、どこか遠くへ行っちゃうんだろうな」

でも、わたしはいつもあなたのそばにいる。悲しいとき、手を握り、寂しいとき、一緒に空を眺める。あなたが荒野をあるくとき、風よけのマントになり、海で溺れたら、救命ボートで駆けつける。眠るとき、毛布をかけ、目覚めのとき、歌をうたう。血を流したらその血を舐め、泣いたらその涙を舐める。そしていつかあなたが死んだら、毎日花を供えて語りかける。あなたがわたしにしてくれたことのすべてを、あなたがあなたの愛するひとにしてあげたことのすべてを、わたしは忘れない。

「薫子ちゃんには親孝行するから」

わたしがギューしようと差し伸べた手を振り払って、薫子おばさんはふいに強い声で叫ぶように言った。

「親孝行なんかするな。そんなに早く大人になるな。家出しろ。叛乱を起こせ。どこでも好きなところへ、どこまでも遠くへ行くんだ」

叱るように、励ますように、導くように、祈るように、そのアジテーションの言葉はわたしの背中をどやしつけるようにして降ってきた。断崖絶壁から声を嗄(か)らして送り届けられたシュプレヒコールは、まっすぐにわたしの胸に突き刺さり、わたしを打った。ひとりで眠ることをおそれるな、と言われているような気がした。そしてそれと同じくらい、愛することをおそれるな、夢見ることをおそれるな、と言われているような気がした。

焚き火の炎は勢いを増し、境内には白い煙が充満しはじめた。それはおぼろに霞む萩の花の揺れまどうような気配とまじりあって、一瞬この世ではないような、幽玄の世界を醸し出していた。頭上で鳥がするどく啼いた。やがて白煙は穢れた地上からきっぱりと訣別して、清らかに澄みわたった秋の空の高みへとゆっくり吸い込まれていった。

文庫版あとがき

「魂は肉体の中にある」という言葉を、わたしは『感情教育』のなかで書いた。恋愛とセックスは切り離せないものであり、性描写ぬきの恋愛小説はどこか嘘っぽいと思っていた。どちらかといえば真摯に熱意をこめて性描写を書いてきたつもりだし、いかにリアリティと説得力のある性描写を書けるかという点に文章修業の大半を費やしてきたような気さえする。努力の甲斐あってか、中山可穂の小説には過激な性描写がつきものだといういささか不名誉なレッテルを貼られるようにもなった。喜ぶべきことなのか、悲しむべきことなのか、わからない。

でもある日突然、わたしはセックスというものを描くのがいやになってしまった。理由は簡単、飽きたのである。十年間も恋愛小説ばかり書いてきて、そんなシーンにひたすら情熱を傾けていたら、誰だって飽きる。そういうシーンは一切なしで、なおかつこれまで以上のエロスをいかに表現するかに心を砕いて、わたしはこの三つの物語を書いた。これはわたしの十冊目の小説にあたる。セックスなしで小説を書けるようになるまでに、わたしにはそれだけの時間と経験が必要だったのである。

『ケッヘル』という大長篇を書くためにわたしは鎌倉に移住したが、なかなか書き出すことができなくて、代わりにみじかいものを渡すことになった。この三つの中篇は、『ケッヘル』がわたしのなかで発酵するのを待つあいだ、いわば執行猶予期間中の約束手形のようにして書かれたものだ。だからもし『ケッヘル』が期限通りスムーズに書けていたら、この作品集は生まれなかったことになる。

今となっては、小説の神様がわたしにこの本を書かせるために、『ケッヘル』の筆を止めていたのではないかとさえ思う。世間ではまったく評価されず、ほとんど売れなかったが（まあそれはいつものことではあるにせよ）、わたしにとってはそれくらい重要な、愛着の深い本になった。

それでは天使の話をしよう。

この作品集にまつわる一番の思い出は、鎌倉の海である。海の前にぽつねんと腰を下ろして、黙々と原稿を読み続けていた一人の編集者の後ろ姿である。その光景は一幅の美しい絵のように、いや、映画のワンシーンのストップモーションのように、わたしの脳裏に刻み込まれている。スランプで書けないとき、失恋したとき、すべてを放り投げて逃げてしまいたくなったとき、わたしを机の前に、この地上に踏みとどまらせたのは、もしかしたらあの静かな強い後ろ姿だったのかもしれない。

普通は原稿をメールで送って感想は電話で、というケースも多いのだが、別册文藝春秋編集部のOさんはわざわざ鎌倉まで原稿を取りに来てくれて、いつも「コクリコ」のサンドイッチをテイクアウトしてから、江ノ電に乗って海の近くまで行き、そこで原稿を読むのが常だった。海は由比ヶ浜のときもあれば、稲村ヶ崎まで足を延ばすこともあった。何人もの作家を抱えて多忙を極める編集者がそんなことをすれば、その日一日がわたしの原稿のために潰れたはずである。

わたしは彼女が読み終わるまで、近くの喫茶店で待っていた。どんな顔をして戻ってくるか、内心ドキドキしながら、でも平然を装って、わざと小難しい顔をして本を読みながら待っていた。活字なんかまったく頭に入ってこなかった。あのときの緊張感を思い出すと、今でも身のすくむ思いがする。

都会や会社の塵にまみれて横須賀線を降りてきたときのOさんは、ちょっと疲れた、いつもの厳しい顔つきをしている。それがだんだんに海に近づくにつれて表情がやわらかく穏やかになっていき、原稿を読み終えてわたしの前に戻ってきたときには何とも言えずいい顔になっていた。その変化を見るのがわたしは好きだった。作家になってよかったと思える、かけがえのない瞬間のひとつだった。

書いているあいだはひきこもり状態になるわたしにとって、Oさんの来訪は数少ない鎌倉散策の機会になった。寿福寺の新緑、成就院の紫陽花、円覚寺の紅葉。四季のめぐりの折々に、Oさんと小説の話をしながら古都をそぞろ歩いたのも愉しく懐かしい思い出だ。うちの近所の鶴岡八幡宮には何度も詣でて、『ケッヘル』がどうぞ書けますようにと一緒にお祈りをした。鎌倉にいた三年間は、とてつもなく長かったような気がする。そしてこの作品集を書いているとき、わたしはつねに白い闇のなかにいて、純水のなかでずっと息を止めているようだった。

Oさんがいなければこの作品集も、そしてそのあとに続く『ケッヘル』も、生まれることはなかった。この場を借りてお礼申し上げたい。ありがとう。温かい叱咤と厳しい激励を、いつも本当にありがとう。

二〇〇六年秋　横浜にて

中山可穂

河出文庫版あとがき

この本に収録されている「卒塔婆小町」と「浮舟」は、わたしがこれまでに書いてきたすべての小説の中で最愛の作品と言ってよい。作家として最も脂の乗りきった時期に書いた最良の作品のひとつであり、とてもよく書けていると思うとともに、個人的にも深い思いの注がれた大切な作品となっている。去年河出文庫で復刊していただいた山本周五郎賞受賞作『白い薔薇の淵まで』よりはるかにすぐれた出来ではないかと自負しているのだが、『弱法師』というタイトルが地味すぎたせいか、「中山可穂版・現代能楽集」という帯コピーが取っつきにくい印象を与えてしまったせいか、まったく話題になることなく、いつものようにほとんど売れないまま、あっけなく絶版になってしまった。「現代能楽集」と銘打ったのは三島の『近代能楽集』へのオマージュだが、能楽をモチーフにしていると言ってもかなり大胆に換骨奪胎しているので、元の能を知らなくてもまったく問題なく読んでいただける。能はギリシャ悲劇同様、ぎりぎりまで贅肉を削ぎ落とされた究極の芸能であり、シンプルな構造の中に物語の粋が最もわかりやすい形で凝縮されているから、インスピレーションを得やすいのである。原曲のストーリーを踏まえるという枷を嵌めることで逆に自由になれた部分もある。短歌が五七五七七という形式に嵌めることでのびやかな表現を得ているのと同じように。そしてまた、古典という大きく深いものの懐を借りて、少しだけ作品の底をひろげることができたようにも思う。

わたしはスランプになると能楽集を書いて自分を調えてきたようなところがある。『ケッヘル』が書けなくて『弱法師』を書き、『愛の国』が書けなくて『悲歌』を書いてきた。いわばその時々の渾身の長篇大作に挑んでいる途中で、その壁の高さに挫けて出口の見えない深い深いスランプに陥ったとき、どうにかして再び小説というものを書くよすがを取り戻そうと悪戦苦闘した結果、古典の大きな懐を借りて息を吹き返してきたのである。能楽の世界に横たわる静謐な泉から滾々と湧き出ているかぼそい糸に必死に手を伸ばして、わたしは言葉を手繰り寄せ、それを根気よく連ねていくことで文章にし、その文章を積み重ねていくことでひとつの小説を作り上げてきた。そのようにしてこの『弱法師』という作品集は生まれた。

「かなわぬ恋こそ美しい」というのが、単行本の帯につけられたコピーであった。かなわぬ恋の話ばかり書いたのは、当時の自分がかなわぬ恋をしていたからに他ならない。決してかなうことのない片思いをすることにかけてはわたしは少しばかり年季が入っていたのだが、当時の片思いは格別につらかった。恋というものは実に大きなエネルギーを生み出すもので、わたしはそれを小説にぶつけるしかなかったのである。たとえかなわぬ片恋であっても、作家が恋をすれば小説が生まれる。今となっては、よくぞあの苦悶の日々を死ぬことなく無事にくぐり抜け、小説という形に昇華したものだと、当時の自分を少しは褒めてやりたく思う。

片思いは決して失恋をしないから、いつまでも相手に幻滅することなく美化しておける。両思いになってしまえば喧嘩もし、相手の嫌な面も見ざるをえず、いつか必ず恋は終わる。両思いの恋のほうが激しい幸福と不幸をもたらされる分、人として成長させてくれるが、片思いの恋もそんなに悪いものじゃない。たとえ報われなくても、誰かをひそかに愛し続けることは、決して無駄なことではない。誰かを好きになれるのは、すばらしいことなのだ。長い年月がたってからこの小説を読み返してみると、そんなふうに思える。

復刊にあたっては、河出書房新社の辻純平さんのお世話になった。『白い薔薇の淵まで』に引き続き、絶版という本の墓場からこの作品を見つけ出し、掬い上げてくださって、ありがとうございました。河出文庫版『白い薔薇の淵まで』を読んでわたしのことを知ってくださった若い読者にもぜひ手に取っていただきたいと思う。あの小説とはまた別の形で、もっと深いところから、恋とは何かを突き詰めていると思うので、さらなる沼にはまっていただくにはうってつけの作品集だと思う。ちなみに収録順にお読みいただくのがおすすめである。

この小説を読んで中山可穂版・現代能楽集に興味を持ってくださった読者には、角川文庫から出ている『悲歌』もあわせてお読みいただければ幸いである。

中山可穂

2022年1月

本書は二〇〇四年に文藝春秋より刊行され、その後、二〇〇七年に文春文庫として刊行されました。

河出文庫版の刊行に際し、新たに「河出文庫版あとがき」を収録いたしました。

弱法師（よろぼし）

二〇二三年 四 月一〇日 初版印刷
二〇二三年 四 月二〇日 初版発行

著 者 中山可穂（なかやまかほ）

発行者 小野寺優
発行所 株式会社河出書房新社
〒一五一－〇〇五一
東京都渋谷区千駄ヶ谷二－三二－二
電話〇三－三四〇四－八六一一（編集）
〇三－三四〇四－一二〇一（営業）
https://www.kawade.co.jp/

ロゴ・表紙デザイン 粟津潔
本文フォーマット 佐々木暁
本文組版 株式会社創都
印刷・製本 凸版印刷株式会社

Printed in Japan ISBN978-4-309-41883-4

白い薔薇の淵まで

中山可穂　41844-5

雨の降る深夜の書店で、平凡なOLは新人女性作家と出会い、恋に落ちた。甘美で破滅的な恋と性愛の深淵を美しい文体で綴った究極の恋愛小説。第十四回山本周五郎賞受賞作。河出文庫版あとがきも特別収録。

私を見て、ぎゅっと愛して　上

七井翔子　41792-9

婚約者がいるにもかかわらず、出会い系サイトでの出会いをやめられない女性が、さまざまな精神疾患を抱える日常を率直に綴った話題のブログを大幅に改訂し文庫化。

私を見て、ぎゅっと愛して　下

七井翔子　41793-6

婚約者がいるにもかかわらず、出会い系サイトでの出会いをやめられない女性が、さまざまな精神疾患を抱える日常を率直に綴った話題のブログを大幅に改訂し文庫化。

あられもない祈り

島本理生　41228-3

〈あなた〉と〈私〉……名前すら必要としない二人の、密室のような恋――幼い頃から自分を大事にできなかった主人公が、恋を通して知った生きるための欲望。西加奈子さん絶賛他話題騒然、至上の恋愛小説。

ナチュラル・ウーマン

松浦理英子　40847-7

「私、あなたを抱きしめた時、生まれて初めて自分が女だと感じたの」――二人の女性の至純の愛と実験的な性を描いた異色の傑作が、待望の新装版で甦る。

あなたを奪うの。

窪美澄／千早茜／彩瀬まる／花房観音／宮木あや子　41515-4

絶対にあの人がほしい。何をしても、何が起きても――。今もっとも注目される女性作家・窪美澄、千早茜、彩瀬まる、花房観音、宮木あや子の五人が「略奪愛」をテーマに紡いだ、書き下ろし恋愛小説集。

火口のふたり

白石一文　41375-4

私、賢ちゃんの身体をしょっちゅう思い出してたよ——挙式を控えながら、どうしても忘れられない従兄賢治と一夜を過ごした直子。出口のない男女の行きつく先は？　不確実な世界の極限の愛を描く恋愛小説。

人のセックスを笑うな

山崎ナオコーラ　40814-9

十九歳のオレと三十九歳のユリ。恋とも愛ともつかぬいとしさが、オレを駆り立てた——「思わず嫉妬したくなる程の才能」と選考委員に絶賛された、せつなさ百パーセントの恋愛小説。第四十一回文藝賞受賞作。映画化。

ニキの屈辱

山崎ナオコーラ　41296-2

憧れの人気写真家ニキのアシスタントになったオレ。だが一歳下の傲慢な彼女に、公私ともに振り回されて……格差恋愛に揺れる二人を描く、『人のセックスを笑うな』以来の恋愛小説。西加奈子さん推薦！

また会う日まで

柴崎友香　41041-8

好きなのになぜか会えない人がいる……ＯＬ有麻は二十五歳。あの修学旅行の夜、鳴海くんとの間に流れた特別な感情を、会って確かめたいと突然思いたつ。有麻のせつない一週間の休暇を描く話題作！

ショートカット

柴崎友香　40836-1

人を思う気持ちはいつだって距離を越える。離れた場所や時間でも、会いたいと思えば会える。遠く離れた距離で“ショートカット”する恋人たちが体験する日常の“奇跡”を描いた傑作。

寝ても覚めても　増補新版

柴崎友香　41618-2

消えた恋人に生き写しの男に出会い恋に落ちた朝子だが……運命の恋を描く野間文芸新人賞受賞作。芥川賞作家の代表長篇が濱口竜介監督・東出昌大主演で映画化。マンガとコラボした書き下ろし番外篇を増補。

ジェシーの背骨

山田詠美 40200-0

恋愛のプロフェッショナル、ココが愛したリック。彼を愛しながらもその息子、ジェシーとの共同生活を通して描いた激しくも優しいトライアングル・ラブ・ストーリー。第九十五回芥川賞候補作品。

彼女の人生は間違いじゃない

廣木隆一 41544-4

震災後、恋人とうまく付き合えない市役所職員のみゆき。彼女は週末、上京してデリヘルを始める……福島－東京の往還がもたらす、哀しみから光への軌跡。廣木監督が自身の初小説を映画化！

暗い旅

倉橋由美子 40923-8

恋人であり婚約者である“かれ”の突然の謎の失踪。“あなた”は失われた愛を求めて、過去への暗い旅に出る——壮大なる恋愛叙事詩として文学史に残る、倉橋由美子の初長篇。

水曜の朝、午前三時

蓮見圭一 41574-1

「有り得たかもしれないもう一つの人生、そのことを考えない日はなかった……」叶わなかった恋を描く、究極の大人のラブストーリー。恋の痛みと人生の重み。涙を誘った大ベストセラー待望の復刊。

エンキョリレンアイ

小手鞠るい 41668-7

今すぐ走って、会いに行きたい。あの日のように——。二十二歳の誕生日、花音が出会った運命の彼は、アメリカ留学を控えていた。遠く離れても、熱く思い続けるふたりの恋。純愛一二〇％小説。

柔らかい土をふんで、

金井美恵子 40950-4

柔らかい土をふんで、あの人はやってきて、柔らかい肌に、ナイフが突き刺さる——逃げ去る女と裏切られた男の狂おしい愛の物語。さまざまな物語と記憶の引用が織りなす至福のエクリチュール！